U0107404

福州长乐齐天府（王国平供图）

清末民初福建漳州年画《大闹水晶宫》

毗沙门天王（大英博物馆藏敦煌绢画）

西方广目天王（大英博物馆藏敦煌绢画）

马头金刚唐卡

二郎神（北京故宫藏《搜山图》局部，绘者不详）

神猴哈奴曼（印度《罗摩衍那》壁画）

射猿图（四川渠县东汉沈府君阙局部）

四川渠县东汉沈府君阙整体（王国平供图）

猴老（北京故宫藏《搜山图》局部，绘者不详）

佛祖涅槃（莫高窟第一五八窟，中唐）

六道轮回唐卡（局部）

五道轮回（《佛说阎罗王授记四众预修生七往生净土经》局部，法国国图藏敦煌图卷。《佛说阎罗王授记四众预修生七往生净土经》简称阎罗王授记经佛说十王经。晚唐五代敦煌就流行绘制十王，为生死者皆可祈福。从一七到七七日过秦广王、初江王、宋帝王、五官王、阎罗王、变成王、过泰山王，百日过平正王、一年过都市王、三年过五道转轮王）

大摩里支菩萨（大英博物馆藏敦煌绢画）

《取经图》（局部，瓜州榆林三窟，西夏）

深沙神（《十卷抄》局部，日本仁和寺僧人恵什编集，延庆二年仁和寺真光院本，元禄十五年图绘誊写版）

明代彩绘木雕功曹

《升平宝筏》场景（北京故宫博物院藏畅音阁模型）

民国佛山年画《斗战胜佛》

《受伤的阿玛宗人》(古希腊波利克里托斯雕，罗马首都博物馆藏)

太上老君(出自《水路神全：北京白云观藏历代道教水陆画》)

狮子吼观音

尸陀林怙主唐卡

中国民间灶神版画

僧人像［绢本设色，日本镰仓（1185—1333）后期，绘者不详，东京国立博物馆藏］

行脚胡僧（大英博物馆藏敦煌绢画）

行脚僧（十五世纪西藏壁画）

僧人（一说卖货郎，北京故宫藏《清明上河图》局部，北宋张择端绘）

《西游记》的八十一问

①

李天飞 著

作家出版社

序

天飞兄大著即将再版，嘱我为序，既感且愧。这部五十万字的作品，我读了不下三遍，还不包括之前在他微博（公号）上追文的遍数。说起原因，除了和我的研究方向相关，关键在于——他写的真好看！

之所以说“既感且愧”，说的也是真心话。感动的是，他作为一个拥有超百万粉丝的网络大V、文化学者，人气爆棚，不但没膨胀，反而成了网红中的一股清流，身体力行传播传统文化，出版童书，参与诗词大会命题，默默奉献！惭愧的是，他给我，同时也给我们这些抱残守缺的所谓学院派学者上了生动的一课。怎样使过于专业化、专门化的小众研究真正接地气，让更多的受众喜闻乐见？相信很多和我一样的同行思考过，实践过，但真真是“臣妾做不到啊”！个人觉得他能够成功“出圈”，这部作品能够大获成功，风靡网络内外，一印再印，即时再版，有这样几个原因：

第一，适应新的传播媒介，形式上灵活多变。有话则长，无话则短，不做长篇大论，符合网络阅读习惯。先是网络连载，最后集腋成裘，令人叹为观止。全书充满故事性，精彩迭出，成功抓住了读者心理。记得我看到的第一篇，是不知哪个公号转载的《金箍棒的原型竟是它？》，大意是说金箍棒是探江海深浅的“定子”，文章没署名。我对作者的第一反应“这家伙应该是个理工男”，“还和航海干上了”（后来证明我的直觉超准，他不但是货真价实的理工男，而且是大连海事大学毕业的“海员”）。顺着这篇文章线索，我找到了他的公号，变成了他的“铁粉儿”。相信他的很多“超粉儿”是和我一样被他的文字，被他超高的话语技巧“骗”过去的。

第二，善于“制造”话题。他的每则故事都有“标题党”的嫌疑，但又完全不同于“标题党”，比起来是不折不扣的“双标”。诸如《弼马温到底是多大的官？》《二郎神为啥这么清俊？》《少年孙悟空的奇幻漂流》《虎先锋：你—看—我—的—脸》……仅看这标题就让人觉得作者脑路清奇，不同凡响。没有故作高深的大话、空话、套话，你看到的只是一篇篇能够共情的清新小网文！一些行文用词，像流行歌，像电影名，更像口头禅，套用鲁迅先生一句话，那叫一个“髦得合时”！

第三，会讲故事，能爆料。如果仅仅是“标题党”，那和一般的所谓网红为炮制流量，大讲什么“红孩儿是太上老君的私生子”“孙悟空早被如来消灭在取经途中”之类故作玄虚，实则不通的网文也没有啥本质区别。这书耐看的原因就在于“有料”。而且总是出人意表，让你防不胜防，今天似乎得叫“破防”。

它能告诉你，大圣六兄弟的来龙去脉，二郎神到底是否挥刀自宫，乌巢禅师的《心经》密码，甚至为更多的吃货讲起了《西游记》的吃吃喝喝……野史、正史，钩沉稽核，无所不及，就连明代王磐的《野菜谱》他都能“薅”一把。

第四，以上三点只是表象，是这部书流行的表面原因。这部书之所以老少咸宜，圈内圈外广为人知，最关键一点在于它的学术性。只是它的学术性隐含在信笔挥洒的花样文字之下，看着好玩、新奇、有趣儿，但并不是信口胡柴，几乎所有的故事都是有出处，有来历的。这和天飞兄的学术积淀有关，海事大学理工科的本科出身，使他具备了一般文科生欠缺的理性思辨和逻辑推理能力，北大文献学硕士所受的严格学术训练，使他具备了扎实的文献功底和开阔的学术视野，这是他的底气！学术为底里，风趣为表象，皮骨相合，于是有了这一篇篇奇文。

说到这里，不得不提天飞兄的另一部学术著作——中华书局2014年版的《〈西游记〉校注》。这部校注稿是近年《西游记》辑校的一把“尺子”，所下功夫之深，堪称“十年磨一剑”，取得的成就也有目共睹。正是先有了这部令学界同行认可的学术著作，在此精耕细作的基础上，才衍生出这部风靡网络内外的“趣儿”书。这两部书其实是“孪生”，体现了天飞兄为学的一体两面。

佩服天飞兄！这样有底蕴有情怀有操守的“网红”，多少也不嫌多，如果有，再来一打！

辽宁大学文学院教授　胡胜

壬寅春晚于秋省堂

自　序

我跟《西游记》的缘分，算是非常深厚了。我识字比较早，四岁时，无意中得到了一本《西游记》的改写本，约有几万字。虽然内容少，但也基本上把《西游记》的故事梗概体现出来了。当时就很喜欢看，因为这书比起其他连环画来，字算是很多的，可以一看半天。约九岁时，买到了一部《西游记》原著，当然很多都看不太懂，但是翻了许多遍之后，也就慢慢把这部名著装在脑子里了。当时我班上的同学，课间一项消遣，就是听我大段背《西游记》原文。

当然，少年阶段对《西游记》的理解，还是很肤浅的。除了对文本极其熟悉外，和“学术”二字完全搭不上边。后来考入了北京大学中文系，读古典文献专业，才略识学术门径。读研时，为了谋生，接了一份“攒书”的活儿，就是给中学生做一个《西游记》的注释。虽然是市场书，但我的专业是古典文献学，很讲究“辨章学术，考镜源流”，就真刀真枪地做起来。《西游记》的各种研究资料，就是从那时候积累的。

不过因为种种原因，这本书并没有出版。硕士毕业后，我进入了中华书局工作，业余时间重新把这个旧工作拾了起来。又经过四年的整理，2014 年在中华书局出版了《西游记》校注，对明代世德堂本《西游记》做了深入的校勘整理，以及对其中涉及的各种问题尽量做了注释、笺证，算是一个阶段性成果。

又过了两年，正值 2016 年，这一年是猴年。我开始玩微博，并且打算在微博上发一些类似“《西游记》小百科”之类的知识分享。没想到一发不可收，连续更新了一百期，涉及《西游记》的思想、文本、艺术、背景知识诸多领域，后来结集成书，这就是《万万没想到:〈西游记〉可以这样读》。

应该说，这为期一百天的网络分享，以及这部书的出版，标志着我和《西游记》的缘分发生了巨大的改变：此前，我一直生活在所谓“学术”的环境里，使用着一套学术界的语言，来讲述自己的研究，比如论文、学术会议，和我交流的也是相关的学者们。但是从这时起，我发现：在“学术”之外，有着更为广阔的一片天地，这就是大众对《西游记》的需求。

事实上，这个需求一直都在。只说我出生之后的事情：1982 年，中央电视台开拍二十五集连续剧《西游记》，于 1986 年春节首播（俗称“86 版”）。这部连续剧的对人们的影响是深远的。它反复放映了很多年，每到寒假暑假更是必播，创造了电视剧历史上的奇迹，成为无数 70 后、80 后甚至 90 后的童年回忆。

此后，还有《大话西游》《悟空传》，再到后来，就是各种玄幻、仙侠小说，电脑、手机游戏，都从《西游记》里直接吸取营养。有些人借《大话西游》讨论爱情；有些人借《悟空传》讨论自由和成长；有些人从小说和游戏中获得快乐：这些都是《西游记》的大众基础。

比起《西游记》有几个版本来，大家更关心的是孙悟空的武功到底有多高，火眼金睛到底有多厉害，取经故事背后有没有事先安排的阴谋……这些在搞纯学术的学者那里，可能是不屑一顾的，但在大家日常茶余饭后的讨论中，却是热了又热的话题。

这些话题并不是毫无价值的，因为这代表了大众的关注点。而大众的关注点，就是文化娱乐产品的重要抓手。很多剧本会据此编写，这些问题就是推动剧情的力量；很多游戏会据此开发，这些问题会直接成为人物参数设定的参考——老实说，这些问题背后的社会价值和经济价值，也是巨大的。

近二十年来，《西游记》在学术领域的研究，没有取得什么决定性的进展。这倒不能苛求：没有新发现的资料，没有新创立的范式，无非就是一些老问题翻来覆去。学术的进展，往往需要等待合适的时机，并不是匀速前进的。但是，之前学术上积累的这些研究，却长期呈现在论文里、专著里，大多数没有和社会上的需求产生关联，这不是一件很遗憾的事情吗？

“世易时移，变法宜矣。”我辞去了体制内的职务，出来单干。我没有什么拿得出手的学术成果，但是，我觉得我对“讲述”这件事，有天然的热爱。

除了在微博上分享，我还在各种平台开了账号，用音频、视频各种方式来讲我对《西游记》的理解。甚至还上过央视，拍过寻访西游之路的纪录片。讲来讲去，该讲的也差不多了。接下来还干什么呢？我发现了另外一个领域：面向少儿的普及。因为学龄前的孩子要听取经故事，孩子们对《西游记》故事，尤其是对孙悟空，有着近乎本能的喜爱。面向少儿，我写了一些童书，也和一些平台合作，开发了不少讲《西游记》的课程。

在这个过程中，我对这部传承了四百年的名著，又生发出更多的理解。直到今天，我仍然在适应需求，在做各种变化。

中间也发生过许多趣事，例如有一篇探讨性的文章，认为金箍棒很可能和海船上的船锚有联系，这篇文章流传很广。后来竟然被选为高考语文阅读模拟题，遗憾的是，我自己做这题，竟然也做不对。

围绕着《西游记》，我大概做的就是这些事情，只能说有一点点成绩；但更应该说的是，是《西游记》成就了我。比较不守常法、不循旧路。不过我想，这恰恰也是《西游记》的品质，同时也是所有经典名著的品质。

因为只要被称为经典名著，它一定有永恒的魅力，一定适应不同的时代，不同的场景，能够被不同的人群所取用。我经常喜欢引用唐代文学家李德裕的话："譬诸日月，虽终古常见，而光景常新，此所以为灵物也。"我们所做的，无非就是把握住日月运行的固有规律，而不停地追随它们千变万化的光影。

原书的版权到期后，承作家出版社刘潇潇老师不弃，允以整理重出。这本书的文稿，因为当年是在网络连载的，有些语言过于轻佻油滑；有些话题，也不够严谨或过于牵强。经删改修订后，整理为八十一篇，恰好对应《西游记》的八十一难。这就是这本《〈西游记〉的八十一问》。

目 录

本书会经常提到的古籍列表：

1. 世德堂本《西游记》，一般认为刊行于 1592 年，是现存最早的百回本《西游记》，也简称“世本”。

2.《大唐三藏取经诗话》，约成书于宋代，是现存最早的刊刻成书的西游故事。

3.《朴通事谚解》，朝鲜王朝时期朝鲜人学习汉语的教材，其中以对话和注释等方式引用、概述了元代《西游记》中的故事情节。

4.《西游记杂剧》，杨景贤作，流行于元代或明初，保持了当时西游故事在戏曲中的面貌。

5.《西游证道书》，清代黄周星评点，在世本系统上做了部分删除和修改。

6.《西游原旨》，清代道士刘一明作，旨在以修炼角度解读《西游记》。

7.《大唐大慈恩寺三藏法师传》，唐代僧人慧立、彦悰著，记录了玄奘法师的生平事迹。

《西游记》是吴承恩写的？

本篇的目的很简单，主要就是要讲一件事情：《西游记》的作者不一定是吴承恩，肯定有一个最终定稿人，但他也未必创作了多少。

过去的小说往往经历了很长时间，辗转很多人之手，很难说谁是主要作者，越著名越如此，这就像一块大石头，要经一锤子一斧子的雕琢，慢慢才成了雕像，而不是一次冲压成型的。

摆在我们眼前的这部《西游记》是明代中晚期的作品，并未说是吴承恩写的。它原来只署名“华阳洞天主人校”，我们不知道这个“华阳洞天主人”是谁，也不知道他只是校对了一番呢，还是最终的定稿人。这一切都是未知数。

有一个高手做了《西游记》全书的统稿、编排、润色工作，这是毫无疑问的。但他绝不是凭空写出来这一百回的。那时文人和书商合作，或者书商本身就是文人，对书稿一商量，你加一段，我改一段。所以很难说一本书究竟是什么人写的。《西游记》里有许多前后照应不到的漏洞，一般来说就是这样形成的。不必看到什么就说：“吴承恩又错啦！”或者说：“这样写是有深意的啦！”如果不确立以上这个认识，谈什么“深意”恐怕都会跑题。

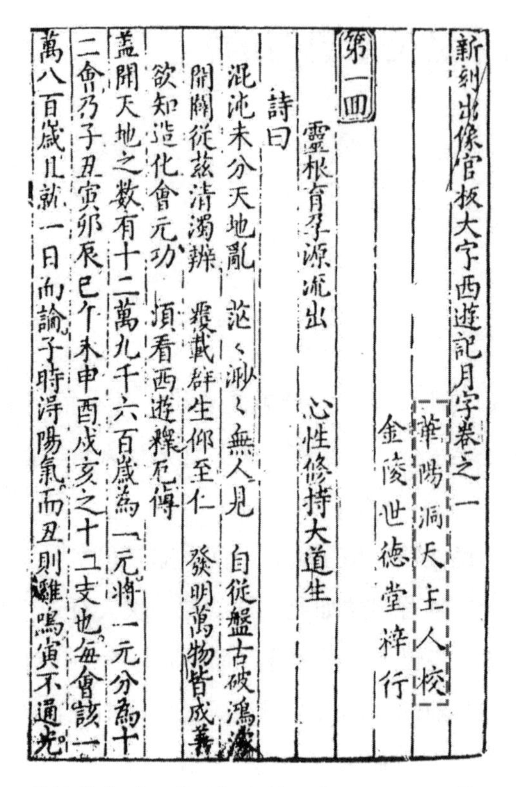

新刻出像官板大字西遊記月字卷之一

華陽洞天主人校

金陵世德堂梓行

第一回

靈根育孕源流出　心性修持大道生

詩曰

混沌未分天地亂　茫茫渺渺無人見　自從盤古破鴻濛

開闢從茲清濁辨　覆載群生仰至仁　發明萬物皆成善

欲知造化會元功　須看西遊釋厄傳

蓋聞天地之數有十二萬九千六百歲爲一元將一元分爲十二會乃子丑寅卯辰巳午未申酉戌亥之十二支也每會該一萬八百歲且就一日而論子時得陽氣而丑則雞鳴寅不通光

世德堂本《西游记》卷首“华阳洞天主人校”

另外，古代的文人，基本都要考秀才、举人，写这种通俗小说，不是多么值得晒的事。他在自己的朋友圈里，一般不怎么会提的。像地方志、史书这样的官方出版物，更是瞧不起通俗小说，不会给版面的。

如今红遍网络的小说就是一个人写的吗？也未必。据我所知，很多小说其实是一个团队写出来的。他们往往一天更新好几万字，您想，这是一个人所能承担的吗？有些人负责搭故事框架，有些人负责故事衔接，有些人负责文笔润色，只是最后用一个 ID 发而已。

《西游记》是名著吗？

有人说，《西游记》是名著啊，是经典啊，伟大啊，怎能和今天的网络小说相比？

其实《西游记》在当时就是消遣用的。

古代朝鲜有本书叫《朴通事谚解》，就是“跟朴翻译学汉语”，里面都是些常用的汉语对话。也有假设的对话人，就像李雷和韩梅梅似的。这本书成于元末明初，其中有一段对话是这样的：

甲：“我们两个买文书去。”

乙：“买什么文书去？”

甲：“买《赵太祖飞龙记》《唐三藏西游记》去。”

乙：“买书买‘四书六经’也好，既读孔孟之书，必达周公之理，要那些平话做什么？”

甲：“《西游记》热闹，闷时节好看。”

我们看，这位朝鲜的“李雷”看《西游记》的目的，和我们今天地铁上刷网络小说是一样一样的。就是“闷”的时候图个好看。如此而已。那四书六经、孔孟之书，一般的人谁拿这些东西解闷？

有趣的是，这本《朴通事谚解》还保留了当时《西游记》的大量片段。其中车迟国一段，和今天百回本《西游记》里车迟国的基本情节就已经差不多了。

《朴通事谚解》中买《西游记》的内容

丘处机的乱入

百回本《西游记》关于修炼内丹的内容很多，所以这本书一定经过了全真道教徒的加工。甚至有观点认为，《西游记》就是全真七子之一丘处机丘真人写的。事实上，丘处机确实有一本《西游记》，但多了几个字，叫《长春真人西游记》。这个故事，在《射雕英雄传》里也有。丘处机从中原出发，千里迢迢跑到西域去见成吉思汗，“一言止杀”，劝说大汗不要滥杀无辜。这自然是一个颇具传奇色彩的经历，于是，丘真人的弟子李志常，就把这段经历写成了书，叫作《长春真人西游记》。

这本书写成后，似乎在社会上流传不广。但是因为丘处机实在太有名了，人们又模模糊糊地听说他有个什么《西游记》，于是纷纷认为，市面上流传的小说《西游记》就是丘处机写的。

但是，百回本《西游记》肯定不是丘处机写的。因为书里面出现了很多明代才有的东西，比如锦衣卫。这些后代的名词，不是生活在元代的丘处机能知道的。

在这里，我必须要讲一句题外话：虽然今天流传的百回本《西游记》不是丘处机的作品，但《西游记》和全真教以及丘处机是有关系的。在百回本《西游记》里，四大天师是张道龄、葛仙翁、许旌阳、丘弘济，这件事很有意思，按民间的传统说法，四大天师是张、葛、许和萨守坚。这里不知为何，开除了萨守坚，添上了一个莫名其妙的丘弘济。这个丘弘济，正史、传说里都找不着，应是全真教丘处机及其掌教弟子李志常的合称——李志常被元武宗封为“真常妙应显文弘济大真人”（据李时人《〈西游记〉考论》）。所以丘弘济很可能是百回本的写定者加进去的，而他一定和全真教有很大的关系。假如百回本的写定者是儒生吴承恩的话，他搞这个做什么？

吴承恩刷屏时代

丘处机的乱入，一直持续到乾隆末年。直到一位叫钱大昕的大学者，跑到一个蛛网尘封的藏经楼里，把这本《长春真人西游记》给抄出来了，在社会上一传播，人们才知道，哦，此西游非彼西游呀。丘处机是《西游记》作者的谣言被粉碎了。

那《西游记》的作者又该是谁呢？大概乾隆年间，有人在明天启年间的《淮安府志》里发现了这么一条：

吴承恩：《射阳集》四册□（方框里这个字原本就丢了）卷、

《春秋列传序》、《西游记》。

只有这一条证据？对了，就凭这一条，大伙就传开了，看啊看啊，原来《西游记》是吴承恩写的啊！于是，大家纷纷给这个吴承恩找写《西游记》的理由。一直传到民国，鲁迅、胡适等几位大神看了看也认可了，经他们一讲一宣传，吴承恩是百回本《西游记》作者的事，就被大众认可了。20世纪20年代，铅印出版了第一部署名“吴承恩”的《西游记》。换句话说，我们如果想找1920年以前出版的署名“吴承恩”的《西游记》，是不会有的！

1949年以后出版的《西游记》，都遵从胡适和鲁迅认定的结论，一律被吴承恩“刷屏”了。

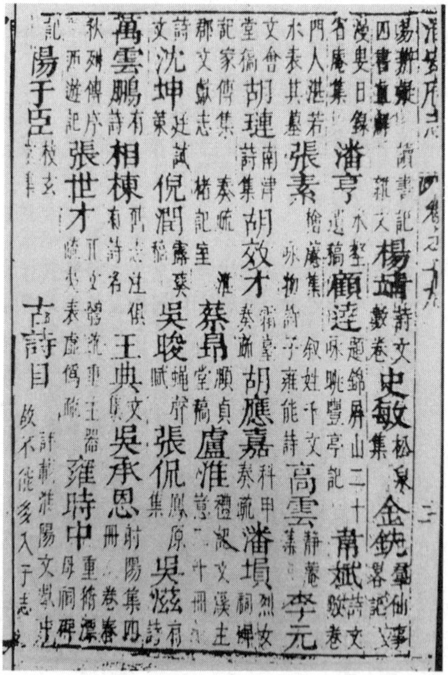

明天启《淮安府志》“吴承恩”条（罗志供图）

很可能就是一本重名书，而且还是户外书

然而这种刷屏行为，从 20 世纪 20 年代开始，到现在才刷了一百多年，就开始被各种吐槽。

不错，吴承恩确实写过一本《西游记》，但这很可能是本重名书。

我们知道，人经常有重名的，光“吴承恩”这个名字，历史上就有很多。书的名字就像人名一样，也经常有重的。一说《变形记》，大家都知道是卡夫卡的小说，其实更早的古罗马诗人奥维德还有本史诗名著《变形记》；一说《忏悔录》，大家都知道是法国大革命时卢梭的作品，其实最早的是古罗马的圣·奥古斯丁的《忏悔录》——这些是外国作品。再看中国，我们在网上搜索一下《醉翁谈录》，就会发现两本书，一本是现代人叶大春的《醉翁谈录》，一本宋朝罗烨的《醉翁谈录》，这是八竿子打不着的两本书。至于搜《中国文学史》《西方哲学史》这些书名，就不知道要出来多少同名的书了。

所以说从古到今，同名的书就不少，凭什么只靠《淮安府志》记录了吴承恩写过《西游记》，就认为一定是今天的百回本《西游记》呢？那上面又没说多少卷多少回，又没说是本什么样的书。

离吴承恩不远的明末清初，有个大藏书家黄虞稷，他家的藏书处叫“千顷堂”，里面的书多到爆。他编了一个目录，就叫《千顷堂书目》。我们翻一下就会发现：咦，吴承恩的《西游记》怎么被他编到“地理类”去了？

伍充闓遊録
王九思西遊隨筆一卷
林培劍南遊記一卷
劉崧東遊録
唐鶴徵南遊記三卷
吴承恩西遊記
沈明臣四明山遊籍一卷
周應賓遊山志
屠隆冥寥子遊二卷
徐弘祖遊記十二卷 字霞客，江陰人。（吴補）
安國賢南澳遊小記十二卷南日寨小記十卷 福州人。
彭宗孟江上雜疏一卷
曾偉芳燕遊筆記
曹蕃閩遊雜記一卷游記〔一〕一卷 字介人，華亭人。
〔一〕别本記作草。
曹學佺蜀中宦遊記四卷
王思任遊喚一卷又廬遊記一卷
易三接零陵山水志
黃擔青陽山水志

《千顷堂书目·地理类》“吴承恩《西游记》”条

黄虞稷比吴承恩不过晚四十来年，他又是大学问家，一般来说不会犯错。在《千顷堂书目》里吴承恩的《西游记》，与别人的《东游录》《南游记》《游山志》放在一起，这些都是旅游的“游记”。尤其是后面还有徐霞客的《徐弘祖游记》。这个“地理类”就是户外板块好不好！所以，吴承恩是写过一本《西游记》，但很可能就是一本旅游书，人家是搞户外的，不是文艺青年！

承恩，你愿意和八戒住隔壁吗

可能有人要说，假如黄虞稷家里藏书多到爆，他看不过来，而是想当然地把小说《西游记》划归地理类呢？假如黄虞稷这里干脆就抄错了呢？假如《淮安府志》就是任性，觉得不著录这部名著实在对不起吴老先生呢？假如吴承恩干脆就是个隐藏得很深的全真教信徒呢？

黄寿成先生，是史学大家黄永年先生的公子，他家学渊源，自然没的说。寿成先生跟随黄永年先生研究《西游记》的时候，发现了一个问题——现在的百回本《西游记》里，“承恩”二字用得非常随意。比如说：“偷桃偷酒游天府，受箓承恩在玉京。”（第七回）“受爵的抱虎而眠，承恩的袖蛇而走。”（第九回）尤其是第二十九回的标题，就写作“脱难江流来国土，承恩八戒转山林”，这个“承恩”和“八戒”连在一起。话说，承恩先生，你就这么喜欢猪八戒吗？非得和他在一起转山林？八戒算不上太光彩的人物不是？这几个地方，换个什么词不行，非得把自己的名字嵌进去吗？

每个人对自己的名字，往往是很在意的。因为这是你用得最多的一个词语，心理上是给它留有特殊位置的。比如以我来讲，听到“烟花烟花满天飞，你为谁流泪”这首歌的时候，总要注意一下。甚至“飞天茅台”都会引起我或我朋友的注意。我想诸位碰到包含自己名字或熟悉人名字的地方，也会注意一下吧。

古人呢，更是如此。明清人对避讳是非常讲究的，不许下属喊长上的名字，这是规矩。我们看《红楼梦》里贾府夜宴，两个弹唱的说书，讲到书中的主人公叫“王熙凤”，立即被指出，说书的忙向在场的王熙凤赔礼，说：“不知是奶奶的讳。”

讲究点的甚至要“自讳其名”。清朝有个大学者叫王士祯，他给属下写信，要写自己的名字时，他就画个圈代替一下。这种情况不在少数。除非吴承恩这位爷实在心大，否则他何至把自己的名字随随便便就写到书里了？这样看，小说《西游记》的作者，既然把“承恩”两个字随意用，更不大会是吴承恩了。

吴承恩能把爸爸写成猪八戒?

我一再说，《西游记》的作者很可能不是吴承恩。上文已经列举了许多证据，这里再加一条。

这是陈大康先生的观点，文章发表在《文汇报》上，个人认为虽然说服力不是太强，但这个角度很有意思，姑且转述一下：

吴承恩的父亲叫吴锐，是一个入赘的女婿。吴承恩自己为他父亲写的墓志铭，就提到这事。吴锐“弱冠，昏于徐氏。徐氏世卖采缕文縠，先君遂袭徐氏业”。吴家穷，但这徐氏特别有钱，是做“采缕文縠”买卖的，也就是卖绫罗绸缎。

吴承恩说他爸爸“昏于徐氏”，自然是入赘的委婉说法。吴锐的爷爷吴铭做过余姚县训导，父亲吴贞做过仁和教谕，书香门第。后来家里穷了，吴锐不得已做了倒插门的女婿，弃儒经商。这在当时的士林是被人看不起的。这个疮疤，吴承恩肯定是不愿揭的。

可是《西游记》里屡屡写招女婿，特别是猪八戒，就是个倒插门的专业户：一开始是倒插门到“卯二姐”家；后来做了高老庄的倒插门；“四圣试禅心”一回又要做菩萨的倒插门；到了女儿国，他还说让女王把他招了……而且每招一次一定丢回人。这事多露脸还是怎么的？吴承恩若真是《西游记》的作者，我们设身处地想一想：他爸爸就是个倒插门，他天天在家里一而再、再而三地写猪八戒倒插门，吊在树上被挖苦？这得多没心没肺？就算这些故事原来就在民间流传，他至少也得删改或美化下吧？他亲戚看到了怎么想？

退一步说，就算吴承恩没心没肺，就是要把他爸爸写成猪八戒。那么他写出这部书，外人能不骂他，当地的方志能收他这部著作？想想这都是不可能的事了！

只能说，目前还无法确定百回本《西游记》作者到底是谁。毕竟，正方提出一个候选人，反方虽然驳来驳去，却拿不出一个新的候选人来。学界尽可争论，而出版社碰上一定要署一个作者在封面的时候，也尽可遵循成例，但最好还是给读者讲清楚这里面的问题。很多朋友愿意接受一个现成的答案，教科书上也乐意写一个现成的答案。但是历史上的悬案多得很，只能等待新材料的发现了。

上文，我们主要讨论了《西游记》的作者不一定是吴承恩，现在有一个更大的问题来了！

流行的百回本《西游记》是一个人写的吗？

这很不好说！

现在的作品，署名意味着宣布著作权：一本书就是一个人写的，顶多几个人合著，例如《红岩》的作者是罗广斌、杨益言两个人。但也一定要写清楚，不然获了诺贝尔文学奖或茅盾文学奖颁发给谁呢？

但是，中国古代的小说可不这样，作者不但不署名，还刻意避免别人知道，比如《金瓶梅》的作者是兰陵笑笑生，到现在也搞不清楚他真名是什么。这有几个原因：一是古代的小说不是多么体面的文学，正儿八经的文人，都要考科举做官的，到了写小说换钱的地步，是很没脸面的，他们不愿署真名。二是宣传的需要，比如一部畅销书署上王小明、张建国、李大庆之类，谁能记得呢？当然不如一个“兰陵笑笑生”宣传作用强了。

现在我列几个人，看大家熟不熟悉？天蚕土豆（代表作《斗破苍穹》）、唐家三少（代表作《狂神》）、萧鼎（代表作《诛仙》）、流潋紫（代表作《甄嬛传》），都是畅销小说的作者，真名分别是李虎、张威、张戬、吴雪岚。

或许有些人也知道，但真名的知名度绝对比“行走江湖”用的笔名差得远。今天人写书这样，古人也一样。

世德堂本《西游记》署名“华阳洞天主人校”。这个意思很含糊，他只是作了一番校对，还是确实是执笔者呢？两种可能都存在。

而且，《西游记》里有许多痕迹，表明这部大书未必是出自一个人之手，例如文殊菩萨的狮子精，在乌鸡国出现了一次，在狮驼岭又出现了一次，如果是一个人写的（或者说这个人是刻意安排的），他至于这么傻吗？我在后文会详细讲。所以这又引出了一个问题。

《西游记》是不是一次写成的？

我们今人写小说，基本都是一次写成。但越是通俗小说，越容易变动，比如要考虑到故事是不是有趣。远的不说，金庸的《射雕英雄传》，连载版和三联版就不一样，三联版里有个叫秦南琴的姑娘被删掉了。而《西游记》是一个流传了很久的故事，今天你加一点，明天我加一点，就这样改了几百年。明世德堂本

《西游记》（现存一共四部），只不过是在这几百年的长河中的一个环节，只是碰巧它运气好，保留下来了。

有了以上这些概念作为前提，我们就可以重新认识一些有趣的讨论，例如说孙悟空为什么闹天宫的时候很厉害，取经的时候却处处挨打等。这些其实都是有原因的，但并不是网上流传的那样，而是都与西游故事成书的过程有关。网上流传的那些牵强附会的说法，都是以“《西游记》是吴承恩独立完成的一部著作”为前提的，默认此书前前后后是一个有机整体，所以才会认为《西游记》里贯穿了作者的各种微言大义的设计。其实这样想问题是不对的。

《西游记》抄袭了谁？

《西游记》第一回："灵根孕育源流出，心性修持大道生"，讲的是孙悟空从石头里蹦出来，然后做了美猴王，求仙访道的故事。

有趣的是，全书的开头并没有直接讲孙悟空的出世，而是莫名其妙地大讲了一段：

> 盖闻天地之数，有十二万九千六百岁为一元。将一元分为十二会，乃子、丑、寅、卯、辰、巳、午、未、申、酉、戌、亥之十二支也。每会该一万八百岁。且就一日而论：……譬于大数，若到戌会之终，则天地昏蒙而万物否矣。再去五千四百岁……邵康节曰："冬至子之半，天心无改移。一阳初动处，万物未生时。"到此天始有根……再五千四百岁，正当寅会，生人，生兽，生禽，正谓天地人，三才定位。故曰人生于寅。

这段，讲的是宋代邵康节的"元会运世"说，这是邵康节发明的一套时间概念，内容就是上一段引文讲的样子。《西游记》的作者真能有这样高深的理解吗？他写这段话的目的又是什么呢？

一查就露馅了：从"譬于大数"开始，后面那些文字，都是抄元代吴澄的《答田副使第三书》。

吴澄，字幼清，是元代杰出的理学家、经学家、教育家。吴澄当然是研究过邵康节的。这封信是他给一个朋友写的，里面的内容，是讨论易、太极、道等哲学概念的，原文很长。

有很多人写论文研究为何《西游记》在这里大讲“元会运世”，说实话，相关资料我搜集得很全，但也没有看到非常靠得住的结论。当然，《西游记》对数字是很迷恋的，比如金箍棒重一万三千五百斤、《大藏经》五千零四十八卷。引用“元会运世”也只能说明，作者对这些数字很在意而已，至于真正的用处，恐怕拿来充场面的成分多。在一部大书的开头，制造一些神秘感和深沉感，仅此而已。

《西游记》这段的作者，先讲的邵雍，后抄的吴澄。但在写书的时候，很可能是倒过来，先抄了吴澄这一段后，觉得不讲讲“元会运世”的基本概念说不过去，于是又在前面加上了一小段。

我们被灌输了“吴承恩是一位伟大的文学家”“《西游记》是一部伟大著作”等思想，所以有不少人认为这部书处处都有寓意，所以就先入为主地以为：“吴承恩”这么大的文学家，他怎么能到处乱抄呢？

其实何必不愿承认呢？实话说吧，《西游记》在过去就是一部通俗小说，在某种意义上，跟现在网络小说是一样的。但是这部通俗小说毕竟要讲一个很大的话题，作者怎么就不能故作深沉呢？

况且，这也是一种本事！现在的网络小说写手，都很能编，到必须装的时候，就看出水平差距来了。不信让文章里的人物吟首诗看看？估计十有八九马上露馅。曹雪芹让《红楼梦》里的每个人物都吟出诗来，吟的诗还符合个人的身份，这就不是装，是厉害。

但是，如果在不厉害的情况下，还想写小说，最好的方法就是抄现成的。是抄还是原创，这是判断是装的还是真厉害的依据之一。

在过去的时代，人们的阅读量毕竟是有限的，所以《西游记》这一段装了几百年，也没有人发现。到了现在有了电子检索，只要搜一下，就装不下去了。

《西游记》这一段的作者，肯定是看过些书的，但他也未必真懂什么“元会运世”，就是从大伙儿不太注意的地方抄来一段文字摆在这里，所以后来也不怎么见他提了，仅此而已。当然，《西游记》的作者也是有特长的，这个特长，更能证明作者不一定是吴承恩——他的特长，偏偏就是吴承恩不擅长的；他露怯的地方，偏偏就是吴承恩所擅长的。吴承恩的水平，自有《射阳先生文集》为证。

再比如，后来美猴王在拜访菩提祖师之前，在山里碰上一个樵夫。美猴王问他：“你既然和神仙做邻居，为何不跟他修行？”樵夫说母亲老了，要供养，所以不能修行。后来菩提祖师问猴王：“你姓什么？”猴王说：“我无性。”这几段，其实也是抄来的。樵夫那段，抄的是《坛经》和《祖堂集》，是禅宗六祖慧能的故事。慧能出家前，以砍柴为生，有人问他为何不去修行，慧能原话是“缘有老母，家乏欠缺。如何抛母，无人供给”。猴王说自己“无性”，作者有意混淆“性”和“姓”，这是抄禅宗五祖弘忍的故事。《传法正宗记》里记载，四祖道信问五祖弘忍：“你姓什么？”弘忍时年七岁，回答说：“没有常姓，其性空故。”道信大为惊奇，就收他做了弟子。[①]

然而不得不说，这两段尽管是抄来的，却抄得非常好！这就是会装等于真厉害。因为这猴子在宋元时期的《西游记》故事里，一出来就姓了孙了。从来没有说他这“孙”字怎么来的。到百回本《西游记》里，祖师给出了解释：你是个猢狲（也写作胡孙），叫你姓“胡”呢，胡是古月，古者老也，月者阴也。老阴不能化育。[②]姓“孙”呢，孙是子系，子是婴儿的意思，系是细小的意思（本意是丝线），正合“婴儿之本论”，猴王就姓了孙。

“婴儿之本论”，意思就是“‘婴儿’一词的本意”。《西游记》的一个重要主旨是讲内丹修炼，而内丹理论认为：修炼到一定程度体内就会出现“圣胎”，这个婴儿是你精气神凝结而成的，到一定的时候将他移出体外，原来的肉身就可以抛弃了。从逻辑上讲，猴王在花果山不可能有姓名，祖师一见面给他取个姓名在情理之中，也是必然的事，但如何写这个情节，一般的写手绝对会挠头。假如让菩提祖师随随便便一讲：“你就姓这个吧，你就叫那个吧！”这也未免太窝囊（《后西游记》的主角孙小圣，也算有点名气，他的本名其实叫孙履真，就是这么窝囊巴拉起的，根本没有叫响），实在对不起我们猴哥！这里既要体现作者要宣扬的内丹主旨，又要照顾猴子本来姓孙的历史传统，还要编得符合逻辑，难不难？随便哪一条，都不啻一位武林大家催来的千钧内力。可这位作者只玩了一个文字游戏加上半个抄来的典故，弹指

---

① 陆扬．中国佛教文学中祖师形象的演变——以道安、慧能和孙悟空为中心[J]. 文史，2009，（4）．

② 按：《周易·姤卦》清魏荔彤通解：“老阴……取之不能生育。”

神通轻轻一弹，就一下子把“姓”、“猢狲”、内丹学以及故事发展的逻辑几道雄浑内力打为一片。就像张无忌在布袋和尚的口袋里，几十道真气交攻斗争之际，忽然一下子水火交融，霹雳也似一声大响，将布袋爆为千万碎片。这一爆，实在不亚于石猴出世的石破天惊！你看作者这功力是何等地非凡！就是后世高手曹雪芹，在这一招上也不得不落了下风——他也不过只会折腾两句“真事隐去”“假语村言”“贾宝玉甄宝玉”而已。

而且，猴子以前并不叫“孙悟空”（就算有也没有叫响），而是叫“猴行者”或“孙行者”，孙悟空的大名，绝对是在这位作者手里叫响的，这就是文案策划的能力和品牌的价值。

杨闽斋刊本《西游记》第一回“石猴出世，千里眼顺风耳案看”

真的能长生不老吗？

孙悟空来到了灵台方寸山斜月三星洞，须菩提祖师收他做了徒弟。孙悟空学了长生不老术和各种本领。

本回是全书的一大关键。但是我看到很多《西游记》的导读，这一段总是要跳过去，大概因为它涉及的东西玄而又玄。但我决不回避问题，希望真真切切地讲清楚，而且是用大家可以理解的方式讲清楚：孙悟空的仙术是怎么练就的。

须菩提祖师传给孙悟空的仙术口诀，我将逐字逐句地讲解。从现代人可理解的角度出发，尽量不用宗教术语解释宗教内容。也决不说什么“灵魂就是高能粒子”“内力就是场能”这些没有经过证明的观点。只从实际的、可靠的史料和我所知见的修炼经验来谈这个事。

孙悟空学到的到底是什么

须菩提祖师教给孙悟空的本领，基本上就是所谓的内丹术。

内丹是什么？孙悟空为什么要炼它？祖师还传给孙悟空一首口诀，我们能不能据此口诀修炼？

这里插播一句：我之前说过，《西游记》是最爱东抄西抄的。

唯独第二回他没抄，原创成分极高。包括那首口诀，都是他原创的（至少目前我尚未发现）——换句话说，他并不需要抄，他对这里面的道道门儿清。诸位可以据此想一想，这位神秘的作者到底是个什么身份。

须菩提祖师问了孙悟空各种“旁门”（也作“傍门”），这个你学吗？那个你学吗？孙悟空一口咬定，不能长生就不学！于是祖师暗示他半夜到后房来，传他正宗的道法。在祖师看来，正宗的就是内丹术，目的是长生。

关于内丹，我身边的朋友们差不多分成两拨：知道的，门儿清得很（这不得不感谢众多修仙类小说，做了很好的铺垫）；不知道的，和他讲内丹，也如堕五里雾中，甚至觉得你在宣传迷信。

要知道内丹是什么，首先得知道“外丹”是什么。道教是讲究炼丹的，最开始是拿着铅、汞做试验，希望能炼出长生不老的金丹来——当然是不可能的，这些物质都是重金属，有剧毒，白白吃死了不少人。

到了宋代以后，道士们纷纷对这种实打实的外丹彻底放弃，转而内炼，却借用了外丹的一些术语，他们认为：人体就是一座大丹炉，体内的元神和元气就是药物，通过内炼，将其凝结起来形成婴儿状的“圣胎”，最后“出元神”，肉体就可以抛弃了。

内丹术在宋代，被很多人提倡，如张伯端（就是《西游记》中送给金圣宫娘娘刺猬衣服的那位紫阳真人）、白玉蟾（内丹南宗）成为修炼的主流。金元时期，道教的全真派开始兴盛，创教祖师王重阳、丘处机和马钰他们，也是提倡内丹的（北宗）。到了明代，更是出现了各种宗派。

道教的流派复杂，传授的道法也各不一样。如菩提祖师所说的“动字门”（多是房中术）、“静字门”（如辟谷）、“术字门”（占卜算卦）等，从北方全真道一家独大的立场来看，自然都是旁门了。

内丹术到现在仍然很盛行，甚至有很多自媒体，专门分享各种经验。不必一提到内丹，就和封建迷信画等号。我不用道教界的说法，用我们大俗人的话说，内丹术可算作一种心理训练。我所知见的人，是有炼到很多感应出来的，譬如能看见满屋雷电滚滚，口中出现非常甜美的味道。当然，这些都是他们自述的，但他们不应该、也没有理由骗我。而且据他们说，有了一定的体验之后，行走时体态轻盈，看书精力集中，睡眠质量大大提高。因为我没有实证经验，所以就不多说了（提示：无人指导，切勿乱炼）。

几点注意事项

那么，内丹术到底怎么炼？说实话，一点都不神秘。《西游记》里只记录了须菩提祖师传给孙悟空的一首口诀，没有记录祖师的讲解，这里不妨结合这首口诀，以及文中零零散散的表述，代祖师讲解一下整个操练过程。

讲之前，要注意以下几点：

第一，不相信的话，可以一笑置之；如果感兴趣，也不要自己乱炼。再次严正提示：这会改变自己的心理和生理状态，类似刷机，刷好了升级换代，刷坏了瘫痪歇菜。所有的丹经都说，必须要有老师指导，否则很容易炼出毛病来。否则，别说孙悟空的本事，猪八戒的本事也炼不出来。况且我并不是道士，也只能在知识层面粗浅地谈谈，以做学问的态度研究道教。但科仪与内丹术，话语体系都在学问之外，不经过真修实证，是很难摸到门径的。

第二，这首口诀看上去高大上，其实只是道出了几个基本步骤，最多算是个入门读物，而且为了凑字数和韵脚，还有不少废话，我解读的时候会剔除。

第三，内丹这东西，一个人一种体验。对术语的理解，也见仁见智。诸位朋友若有理解的分歧，还请多多包涵。

基础概念与准备工作

祖师传给孙悟空的口诀一共十六句，其中有一组三字的，算半句：

> 显密圆通真妙诀，惜修性命无他说。
> 都来总是精气神，谨固牢藏休漏泄。
> 休漏泄，体中藏，汝受吾传道自昌。
>
> 口诀记来多有益，屏除邪欲得清凉。
> 得清凉，光皎洁，好向丹台赏明月。
> 月藏玉兔日藏乌，自有龟蛇相盘结。
> 相盘结，性命坚，却能火里种金莲。
> 攒簇五行颠倒用，功完随作佛和仙。

头四句，讲的是基础概念——“性命”和“精气神”。“性命”是道教的重要术语。内丹术中“性”意近“心性”，而非性别，基本上可以对应人的精神、意识层面，“命”基本可以对应肉体、身体机能层面。内丹家认为，很多佛教徒单纯参禅打坐，是“修性不修命”，他们主张性命双修，基本思路是力图用净化后的意识（性）去感应自己的肉体（命），使二者发生交互作用。

内丹术秉承了中国传统医学的理论，认为人体含有精炁神，炁，同“气”。根据近年学者的研究，精炁神可以和某些生命现象大致对应，精炁即所谓命，神即所谓性。精炁神分先天和后天。内丹术所谓后天之精，指精液（就男性而言，女性另有一套练法）和各种激素；先天之精（元精），指性欲、消化、分泌等生命本能。后天之炁指呼吸之气，先天之炁称元气，类似一种生命原始的能量、活力。后天之神指平常的记忆、判断、认知等意识，先天之神（元神），指平常纷乱的意识消退后一种安定、清醒而无思虑的状态，是“本来自我”。内丹术认为，后天的精炁神是容易耗散的衍生物，而先天的精炁神是修成内丹的基础和原料。（据《中国道教大辞典》）

这三样既然是原料，那当然不能“漏泄”了。内丹术认为最适合修炼的人选，是十五六岁左右刚刚性成熟的少年（没遗过精的最好），或十四岁左右的少女。这时的男女，体内的精气神是最全的。据说丘处机自述说，他练内丹也有“泄漏”，几经反复才成。

五六七三句，除了“休漏泄”之外，没有什么有效信息。

从第八句“屏除邪欲得清凉”开始，转入正题，涉及修炼了，但这也不是具体方法，只是一个准备工作。从这一句至少可以读出两个信息。

第一，祖师的功法（当然就是作者头脑中的功法）一上来就要求“屏除邪欲”，似乎更接近王重阳、丘处机一路，也就是北宗而不是南宗。南宗讲究先命后性，北宗讲究先性后命[①]：先除情去欲、摄心守念、明心见性，先把心地清净了再入手修炼。同时，也可以从这一句推测，《西游记》的作者和全真道有莫大的关系，很可能就是个全真道士——这样的内行话，至少我认为，吴承恩就算懂也未必讲得出。况且这是奠定全书基调的重要一回。作者必定是以自己最擅长的知识体系，构架出一套孙悟空的出身故事。吴承恩何必冒露怯的风险？

第二，“屏除邪欲”所指的欲望并非仅仅指淫欲，人的欲望有许许多多，我们常说“七情六欲”，“六欲”就是眼耳鼻舌身意产生的欲望。这句看起来平平，假如您真的想炼，万万不可以寻常视之！大家不妨现在闭上眼，就会发现头脑里并不是一片空白，而是千头万绪，去而复来。我们当然没觉得什么，是因为另有一套心理机制在抑制着。要知道，内丹炼到后来，用句现在的话说，心理活动异常地活跃——它把许多潜意识开发出来了。那时你的大脑是不受你控制的，只要有一点细微的心理活动，立即就会放大千倍万倍。比如你肚子饿了想吃烤串这个印象一旦冒出来，你的眼前也许就会真的出现一把烤串，或者别的什么你想象不到的东西……当然，在别人看来，他什么也看不见，觉得你这就是幻觉；但在你看来，这就是真的！是看得见摸得着的……这就是所谓的魔。这种幻觉变成现实的感受，听说现代心理学实验室已经可以部分模拟。

① 按：近年有学者认为内丹的南宗北宗的次序本质上并无差别，如郭健先生的研究，本书还是循用传统说法。

金庸先生为什么写炼《葵花宝典》一定要自宫，他老人家是懂这里的行情的。“欲火如焚，登时走火入魔，僵瘫而死。”这是内行话。所以说，北宗王重阳、丘处机他们，一上来就教弟子屏除邪欲，专门练去除欲望的功夫。

顺便说一句，南宗并不是不讲屏除邪欲，而是顺序不同。这就像我们进入办公室，可以先工作，临下班再收拾桌子；也可以先收拾桌子，再坐下来工作。二者并没有什么对错之分，只是工作效率前后有差异而已。精力集中地去想一件事，其效能是很强大的。就算是我们凡夫俗子，当我们集中精力去想一件事，头脑也会有失控的情况。假如，有五万块钱忽然莫名其妙地从你卡里消失了，你的脑子里会不会整天转着这件事？茶不思饭不想，最后闹出病来都有可能。假如，每天在你耳边反反复复放一首歌，每天放十二个小时，连续放七天，你想想会是什么滋味。可见这颗心包蕴的巨大力量，是多么影响我们的身体。

所以内丹术从头到尾就是修心。这就是祖师隐居的“灵台方寸山，斜月三星洞”的含义。灵台，指心，出自《庄子·庚桑楚》：“不可内于灵台。”心处于胸中一寸见方之处，所以又叫方寸（有时也将脑部“元神”所居之处称为方寸）。斜月，指“心”字的斜钩。三星，指“心”字的三点。道教内丹著作《修真十书杂著指玄篇·偃月炉图》：“三点如星势，横钩似月斜。”今天我们调节心理状态，大都是靠心灵鸡汤式的心理安慰，其实并不解决本质问题。假如能把心修炼得对丢了五万块钱泰然处之，对噪音置若罔闻，这简直就是半个神仙了！

孙悟空是石猴（虽然是公的），对“邪欲”天生具备免疫的锁定技。你看他终其一生，不曾爱过哪个女子或母猴。这个最凶险的门槛，轻而易举地就跨过去了。

其实，准备工作除了屏除邪欲之外，还有一些身体上的准备，如静坐调息，因为调息对于内丹来说太基础了，就像吃饭之前要拿筷子，所以口诀里没有讲。

正式操作

从第九句以后，开始了正式的操作。

屏除邪欲的目的，就是明心见性，使内丹重要的原料“元神”显现出来。所以“得清凉，光皎洁，好向丹台赏明月。月藏玉兔日藏乌，自有龟蛇相盘结”。“丹台”是心的代称，元神自然是在心里待着的。平时这颗心，是被各种欲望、各种愚昧蒙蔽着的，一旦邪欲去除，立即就露出了光明璀璨的本相，就好像有明月照耀一样。

如何使元神显现呢？具体操作，一般是靠静坐、调息、屏除杂念，这样练一至三个月，就会有成效。这功夫，不光道家有，儒家、佛家也讲这个，而且有许多做得非常好的人。这东西并不神秘，不妨看看陈来先生的《儒学传统中的神秘主义问题》，以及专讲这种宗教、神秘体验的文章。

不光古人讲这个，今天的人讲这个，老外也讲这个。我引一段詹姆士的《宗教经验种种》：

> 我们正常的清醒意识，即我们所谓的理性意识，只不过是意识的一个特殊类型；在理性意识的周围，还有完全不同的各种潜在的意识形式，由极薄的帷幔将它们与理

性意识隔开。我们可能活了一生，却从未猜想它们存在；
但是，只要给以必要的刺激，它们便因一触而全面呈现。

这“极薄的帷幔”一揭开，与祖师要求孙悟空做到的“好向丹台赏明月”有异曲同工之妙。老实说，这种体验我也有过，只是转瞬即逝，不能持久。我也不曾刻意地去寻觅——毕竟，帷幔的那边，是我们完全不知道的另一个世界！

这种深层意识突然呈现的神秘感觉，基本上任何人都可以有，不限于修炼内丹。试想你有没有在读一首诗，或者唱一首歌的时候，忽然觉得有无限的奥妙在其中。或者忽然感觉这件事情似乎以前做过，这个地方好像以前来过，等等。假如这些你都不曾有过，那可能就是性格或环境暂时不合，总有机缘的。

“月藏玉兔日藏乌，自有龟蛇相盘结”，这是内丹术特有的术语，金乌和蛇，玉兔和龟，分别是元神和元气的代称。为什么一个概念有两个代称？其实何止两个，内丹术里一个概念能有好几十个代称。不同的，侧重的方面不同，例如龟和蛇，是就元神和元气可以“盘结”的这一特征而言。大家如果不深入学习，头脑里大致画个等号就可以了。

刚才说了，“好向丹台赏明月”意思是使元神显现，就像挖出一团泥巴，洗掉泥巴一看，才知道是一块土豆或天麻什么的，这才可以入药。到了这个心理状态后，用意念引导元神，使之和肾中的“元气”逐渐相结合。这里的肾，是一个抽象概念，不是指人体器官，而是侧重于元气的储藏功能。这种“元气”，我们在平时一般是看不见摸不着的，如果是敏感的人，也只能隐隐约约地感觉到它的存在。但经过有经验的内丹家的训练，是可以明确地感受到它就在那里。然后用意念引导（用我们现代人的话说，其实就是用脑子去想象。当然，内丹术不这么叫，他们管这些叫“存想”“存思”“意守”等，说白了都一样），想象自己的元神去和元气，就像龟蛇相交缠一样，充分融合。没错，只是在头脑中想象，但会对身体产生实际的效用。

《西游记》中，孙悟空听了口诀之后，真的回去修炼了。“暗暗维持，子前午后，自己调息。”没错，这就是入门功夫（目测他不用禁欲）。

其实现代流传的内丹术也不是完全禁欲，我听一些丹家说过，有家室的，控制一下夫妻同房的次数就可以了。没有家室，不要胡思乱想就可以了。

我们可以试一试（第一步是无害的，任何人都可以试）。

开始修炼之前，要先调息，孙悟空是这样，我们也是这样。找一个舒服的姿势坐着（盘腿或垂腿均可），闭上眼，舌头抵住上腭，想着下丹田，一定要放松，但也不能打盹。然后，绵长、放松地呼吸。可以数，也可以不数。幻想吸入真气，呼出浊气。这样每天坚持练习，过一个月就会有感觉。不一定像孙悟空“子前午后”，这个有更多仪式感的意味。不过，要是怀着嘲讽、傲慢、证伪的心思去练，那练十年也没感觉。

元神元气“相盘结”后自然“性命坚”。要注意的是，这种结合不像泡速溶咖啡似的，而是慢慢地，一点一滴凝结的。凝结的东西，各家说的也不一样。大致像小气团或者小珠子，积少成多，凝结在丹田（一般指肚脐下三寸，因为是产丹的地方，所以比作田，故称丹田）里。最后结成一个橘子大小的丹（当然是修炼者自己感觉到的）。此后还有许多步骤，由于口诀没有讲，这里就不展开了。

人身本是凡体，既是凡体，便必定会消亡。“火里种金莲”是以火比喻凡体里原有的消亡因素，称为“杀机”，以结丹比喻培植金莲。[1]“借假修真”“香从臭出”等内丹常用语，与此义同。

到了“攒簇五行”以后，就是高级阶段了。内丹家将眼、耳、鼻、舌、身的感觉，精、神、魂、魄、意的功能比附五行。元神和元气充分交会结丹（类似一颗黍米珠），此丹即具备了五行的全部功能。“颠倒用”，指变顺为逆的功法。内丹术认为，五行相生虽是自然之理，但生命也因此自然过程而磨损、耗散、消亡。修内丹就是要“五行逆生”，把此过程颠倒过来，所谓“炼精化气，炼气化神，炼神还虚，炼虚合道”，把后天纷乱、重浊、有形质的身心，炼回到先天有序、清净、空灵的状态，归于虚无，与道同体。

现代人会想：这种小气团、小珠子是个什么呢？光想象有什么用？想象来想象去，就算想象出花来，物质决定意识呀，不还是一场虚幻吗？人到最后不还是一死吗？

这就涉及下一个问题。

真的可以长生不老吗？

从以上的分析可以知道，菩提祖师的长生不老术，可以使人强身健体，精力充沛，我想这一点不用怀疑。并且确实可以使人经历一种神秘的体验来。

---

① 《悟真篇》“不识玄中颠倒颠，争知火里好栽莲”，清董德宁释：“火里不可栽莲，男儿安得成孕？今修炼之道，乃玄中之玄，妙中之妙。还返阴阳，颠倒造化，而使男子结胎以成丹，此犹火中栽莲以结子也。”

这种神秘的体验，如果到了一定的程度，还会给人带来所谓的“世界意识”和因之而来的“不死之感”。我们来看看老外是如何表述“世界意识”的：

> 与世界意识同来的，是一种不死之感（sense of immortality），一种永生之觉。并不是相信他将来会永生，乃是觉得他已经永生。（菲拉德菲亚：《世界的意识——对人心演化的研究》）

至此，我们已经窥探到了长生不老的第一步：觉得自己已经永生，至少是暂时的——这个世界上，已经有人做到过了，时间离我们不算远，而且是老外。换言之，这种感觉本来就不专属于某个宗教或某个时代。只要方法对路，任何地方、任何时代都会出现的。

那么觉得自己永生，又不是真的永生，这件事很重要吗？

很重要！要知道，我们毕竟是靠感觉来感知这个世界的，只要你觉得是啥，那就是个啥。假如一个人坚信今天的美国总统就是华盛顿，无论别人怎么告诉他是拜登，对他来讲，美国总统就是华盛顿！这个道理，一般的朋友都想得通。我们普通人尤其是青壮年人，因为头脑是“正常”的，而且能顺利地接收到外界信息，对自己的认识总有怀疑和修正，所以大多不会这么固执。但如果是很小的孩子，或者已经衰老到一定程度的老人，或者是虔诚的宗教徒，外面的信息进入到他的认知世界相对较难，他们就会对某种认识表现出异常的固执和坚信。

能够坚信某种认识，看似是愚夫愚妇的事，其实是上天给人类的一件大福利。假如一个人进入了一个心理状态：坚信自己永生了。那么，对他来讲，这一时刻他就是永生。

但是，因为训练不纯熟或事出偶然，这种认为自己永生的信念纯度未必很高，兴许会有些乱七八糟的念头来捣乱。更跌眼镜的是，这种感觉不会持久，过个十几分钟（最多不会超过两个小时），仍旧会被“打回原形”，回到凡夫俗子的状态中去，这类似佛教徒说的入定和出定。

为什么还会回来？答案很简单：不管他是和尚还是老道还是普通人，毕竟他还活着，就不得不受生理因素的制约。他的血液、呼吸一如既往地以凡俗的规律运行着，不允许长期保持这种状态。

现在我们要问一个问题，如果他就此不回来呢？假如他现在就要死了，在临终前一刻还保持着这种永生的幻觉呢？

一个人可以很从容地离世。历史上有很多记载，许多高人，比如高僧高道、修为深厚的学者文人，都是“端坐而逝”的，这些事总不能都是假的。不论他们用什么方法训练自己的心理活动，使自己临终的时候进入一种“永恒”的状态，就算是假的，是幻觉，不也比凡夫俗子翻滚呼号、牵肠挂肚、贪生怕死的那种恐怖和痛苦好太多了吗？既然可以这么从容，何不让自己进入一个“永生”的心理体验中而死呢？换我我也干啊。

我们在照顾病危的老人时，也有这种经验：尽量不把家庭其他烦心的事告诉他，尽量说一些善意的谎言，让他在家庭快乐幸福的感觉中死去。虽然说真相并不如此，但从临终者的角度来看，却是快乐幸福的，因为他已经没有机会弄清真相了。对他来讲，他的世界大大缩小了，“客观”失效了，“理性”失效了。

前文提到的甘甜味道产生的快乐，以及家庭幸福产生的快乐，毕竟是简单的快乐，远远不足以和病痛、死亡抗争。宗教家提出的问题就是：一个人是否能把这种永生的感觉，保持到死前一刻，或者说，在死前不论用什么办法，造出这种永生的感觉来，这其实就等于永生了（我们暂且不谈灵魂的本质，不谈什么暗物质磁场电磁波）。

孙悟空为什么会放着猴王不当，出去求仙访道，这在书中已有交代：就是发现自己必有一死，不但自己会死，他的猴子猴孙也都会死。这就是孙悟空所有行为的出发点。

美猴王开始研究如何面对死神。对死亡的直面，不回避，有行动，这也是《西游记》作者高度赞扬了的："顿教跳出轮回网，致使齐天大圣成。"这一句，堪称《西游记》前七回的灵魂。

不过，就算道理上明白了，实际中做不到，也是白扯。要知道，能达到这种心理状态，以人类发展到现在的技术来看，除了经过长期的心理训练之外，似乎没有旁的办法。所以我们看历代的哲人，乐此不疲地研究各种方法，这是伟大的慈悲心，救拔人类终极痛苦的慈悲心，出于自救，终于救人的慈悲心！

有些人不相信这些，在他们眼里，幻觉是虚假的，眼见的才是真实的。但是，老虎还有打盹儿的时候呢，人总不是永远清醒的。病痛的时候，昏沉的时候，临终的时候，是不是能永远保持清醒呢？

有的人临死前看见有人来接他，有的人临死前往空中乱打，还有垂死者会看到阴曹地府、冤亲债主等各种可怕景象。也许在"正常人"看来，这是临终弥留、病态昏沉的幻觉，是他生前的经历、知识、性格等各种因素变现的幻影。甚至"正常人"会说，看！哪里有什么鬼神呢？中国人的阴曹地府，就是封建官府的投影；外国人的上帝，也是一副白种人的样子，这不正好能证明鬼神是人类自己造出来的虚幻景象吗？道理当然没错，但是休要忘了，“正常人”认为的虚幻景象，在垂死者看来，却是真真实实的存在。景象是假的，他切身地受着的苦是真真实实、如假包换的！面对这样一个现实，再鼓吹鬼神的不存在，又有什么实际的意义呢？况且，我们这些“正常人”也终有一死，早晚也得来尝一尝虚幻景象的滋味，到那时，我们还有能力宣称“眼见为实”吗？

所以，古人的伟大之处，在于一直为人类谋求着一种救拔之道，企图在人类有限的技术条件下，在生时避免烦恼的困扰，在临终摆脱死亡的折磨。它在科技不发达的时候，是一种对人的悲悯和拯救。我们当然有权利不接受这一派或那一派的教义，但是，我们至少应该报之以深沉的敬意！

金箍棒的原型竟是它?

孙悟空学艺归来，下到东海龙宫取来了金箍棒，从某种意义上来说，它相当于孙悟空的一个化身和符号。

我们在各种影视里都见过，金箍棒是一根铁棍。《西游记》原著中描述金箍棒是“二丈长短，碗口粗细，两头两个金箍，中间一段乌铁”。

各位，有没有想过，书中这段话有什么问题?

奇怪的金箍

无论是木桶的桶箍，还是女孩子的发箍，箍就是用来防止开裂或分散的，这个用途古往今来都没有任何区别。

但金箍棒中间是“一段乌铁”，是实心的，又不是一根钢管或竹竿，平白无故装两个箍做什么，这不多余吗?

当然，可以解释为装饰物，棍子两头做些装饰是有的，例如古代有一种棍子叫“金吾”（也叫吾杖），是一根长铜棒，两头涂金，但刷点金粉就得了，它实在没有必要装个箍。棍子两头另外加装东西也是有的，例如“殳”或“骨朵头”（狼牙棒），但那是为了增加攻击力的，而且形状和金箍棒完全不同。

我们暂且看看金箍棒的前世，再来回答这个问题。

前面讲了，《西游记》是流传了几百年的复杂故事。现存较早的西游故事，是《大唐三藏取经诗话》。里面的猴行者似乎是不使什么兵刃的——就像张无忌——使的是一双肉掌而已。倒是玄奘法师有一条“金镮锡杖”，不过也不是用来打仗的，而是类似召唤权杖之类的法宝，比如什么时候遇到困难了，举起锡杖大喊一声：“天王救难！”大梵天王就会显灵，帮师徒渡过难关，相当于开外挂。

明王圻《三才图会》中的吾杖

镶在棍棒两端的“骨朵头”

《西游记杂剧》里的孙行者手里使的是“生金棍”，能从耳朵里取出，但是并未说有箍。

到了世德堂本《西游记》，这根棍子保留了能大能小的功能，还添了一个功能：它本来不是当兵器用的，而是大禹治水的时候“定江海浅深的一个定子”，有时候也叫“定海神针”（原文没有，出自清代张书绅《新说西游记总批》：“定海神针，妙不可言。言人心上，原要有针线，又贵如铁石，而外物不能摇动。”）。

定、椗、碇

针是一根极细的铁条，特点是尾巴上能带一根线。金箍棒缩小了当然像针，但是放大了也叫“定海神针”，天下什么东西像此物呢？

我们来看“定江海浅深的定子”这句话，这里面的两个“定”字，意思有些差别。

第一个“定”，是测定的意思。流沙河那一回，孙悟空说这条河有八百多里宽，八戒就问：“哥哥怎的定得个远近之数？”通天河那一回，孙悟空也说：“怎定得宽阔之数？”这几个“定”，都是测量、测定的意思。那么古人用什么来测定水的深浅呢？分两种情况。

第一，浅水的时候，用棍子一戳就知道，这是最直接、最简便的办法。比如第一回美猴王出海求师，“持篙试水，偶得浅水”，这种方法叫“点竿”或“探杆”。明代的《海道经》：“勤戳点竿，寻投长滩一丈八尺，渐渐减至一丈五尺。”顺便说一句，美国作家马克·吐温的笔名就取自船工的口号“mark twain”，意思是“测定为两英寻”。

第二，到了大江大海里，水深动辄几百米甚至千米，没有那么长的棍子，用什么来测“江海之浅深”呢？很简单。将一根绳子拴上重物，扔到水里，然后再拉上来量没入水中绳子的长度。

第二个“定”是定子，这是什么呢？古代的船上有一种叫“碇石”或“碇子”“椗子”的东西，是船锚的前身。拴这种碇子的绳子，叫“碇绳”或“碇丝”。如宋洪迈《夷坚志》测一个叫龙漩窝的深渊的深度：“以绳数十丈矴（同“碇”）坠入穴内。”又如刘弇《独游狼山记》：“今之山跗，……前五十载，海也。其深盖碇丝千寻莫能测。”“定”“碇”“椗”，应该是一个东西。

为什么有的写作石字旁，有的写作木字旁？这是因为有些“碇子”用石头来做，有些“椗子”用木头来做。石头的叫石碇，木头的叫木椗。这就像象棋里的棋子，有的写作“炮”，有的写作“砲”：过去没有发明火药的时候，“砲”其实是投石机，所以是石字旁，后来改用火药，“炮”就变为火字旁了。

1975 年福建泉州出土的宋元时期的碇石，全长 2.32 米，中段宽 0.29 米，正是一根棒子模样，重约 400 斤。如果有人使得动，绝对是一件重兵刃。

可能有人说，《西游记》里金箍棒两丈长，合 6.67 米，这个碇石才两米多，况且是扁的，还是和金箍棒有些差别。那么，我们再看一看木椗。

一个完整的椗长什么样？清徐葆光《中山传信录》说得很清楚，大的长二丈七尺，小的长二丈四尺，宽八寸及七寸，用铁力木制作。这种木材的密度比水重，所以能沉底。椗上系两条棕索，用来收放。

一个完整的椗，由椗杆、椗担（横杆）、椗爪组成。椗杆是一个椗的主体，椗担和椗爪是椗杆的附属部分，很容易脱落，也可以随意更换，所以，现在能看到的古代椗的考古实物，基本上都只剩长达二丈的椗杆，椗担和椗爪都荡然无存了。

我们拿 1983 年出水于福建晋江深沪湾的木椗杆和金箍棒做

一个比较，就知道二者是多么地相似了。[①]

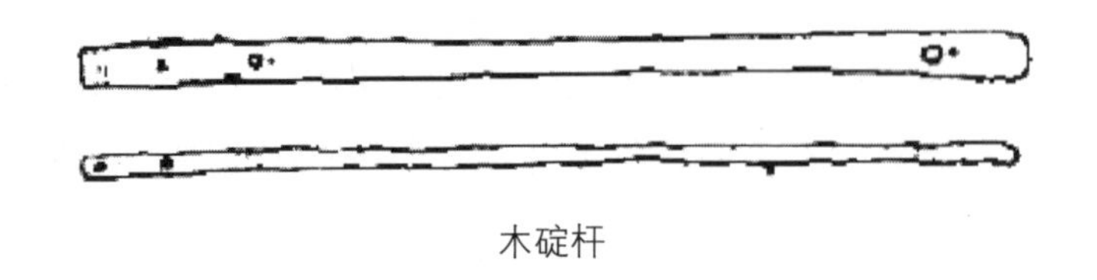

木碇杆

1. 金箍棒“二丈来长”，一丈约3.33米[②]，两丈约6.67米。深沪湾的木碇杆全长7.57米，略长了些。但是，1974年泉州湾出水的海船中有一根木椗杆，长度正是6.6米，与金箍棒“长两丈”完全相合。况且《中山传信录》也记载，椗杆是分大小的。

2. 金箍棒未缩小时“斗来粗细”。木椗杆杆首宽37厘米，尾宽32厘米——这正是古代一只斗的直径。

一只斗的大小

3. 椗材褐黑色，船工称之为“黑盐椆”，据判断应是铁力木。金箍棒中间是“一段乌铁”，颜色正和椗材的颜色相似。

4. 木椗杆上有宽7厘米的铁箍锈迹。铁箍是为了加强整体强度、防止木材断裂而安装的。金箍棒两头“两个金箍”，原来箍是在这里用的！“乌铁”当然不用上箍，“铁力木”再怎么“铁”也是木，又长期泡在水里，当然得箍一下了。

所以说，金箍棒简直就是深沪湾的木椗杆或者泉州湾宋代海

① 郭雍，泉州湾打捞到两具古代大船锚[J]. 文物，1986，2：86-88

② 明清一丈和今天的一丈差别不大。

船所配木椗的翻版啊！

有趣的是，郭雍先生还提供了一条民间传说，更印证了金箍棒和“碇子”的联系：

当年三宝公（郑和）下西洋，船队经过泉州湾时，适遇台风，一时浪涛激涌。三宝公立即下令将一根“镇海针”投入海中，风浪顿时平息。

这个传说的缘起，是当地浅海处有一具巨大的古代铁锚，锚的一爪部分露出泥面约0.3米，即使潮落时仍在水下，人眼看不见。渔民在此下网打鱼，渔网常遭损坏，所以那一块海域渔民代代相传，几百年来以为禁区。出土后经分析，这具锚不晚于明初，现保存在泉州湾古船陈列馆里。

剥开这个传说的神话外表就会发现，这其实说的是郑和随机应变，下令抛锚。海船遇到台风，靠谱的做法是找个安全地方抛锚。民间把郑和神化了，抛的锚（碇子）也就化身为镇海针了。插在泥里的锚（碇子），不就像是金箍棒插在龙宫海底吗？当然，我不是说和金箍棒有关系的一定是这一具锚（碇子），更不是说金箍棒的原型就是碇子，而是说金箍棒与碇子恐怕是有千丝万缕的联系。

写到这里，我不得不再次佩服编出“定海神针”的这位作者（当然，未必是世德堂本《西游记》这一回的最终写定者），他给金箍棒攀了个阔娘家！因为是棍子，所以能测深度，浅水直接一捅，深水系绳一扔。因为和水有关，所以先归大禹管，后归龙宫管，而龙宫又号称是藏宝的地方。这真是“弹指神通”的精微功夫。碇子和针，虽然大小悬殊，却还真是一类东西，都是一根棍上挂根绳，而且兼顾了“生金棍”能大能小的传统。如果把《西游记》里的武器做个人气排行榜，第一非金箍棒莫属。这么一件大杀器的出场，总得有点不凡的事迹不是？像杂剧那样随随便便编个“生金棍”，就很不体面。

金箍棒的含义是非常丰富的。李卓吾（即李贽，有人认为是明朝叶昼托名所作），评价金箍棒：“也有些猴气。”因为它能大能小，可以看作是“心”的形象化，还有人认为它代表了男性的生殖器。

这些解释当然都很有意思，但是本书只重文本和出土实物，所谓“二重证据”。

至于为什么金箍棒重“一万三千五百斤”，有人认为和内丹修炼有关，依据是人一天的呼吸次数是“一万三千五百息”。但是这个观点没有更多的材料论证，这里就不多讲了。

但是要注意的是，《西游记》里描写金箍棒的时候，龙王先说它是一块“定海神铁”，孙悟空看到的时候，才知道它又叫“如意金箍棒”。定海神铁论“块”，如意金箍棒论“根”，早在《西游记杂剧》里，孙行者的武器就是“生金棍”了。这条生金棍也是能大能小，但并没有提它是定海神铁。可见，管金箍棒叫定海神铁，这是后起的。也就是说，金箍棒的这两个名字，有两个不同的来源。我们研究《西游记》成书过程，不妨注意下，定海神铁这个设定，是谁、又是怎么编进去的。

我觉得，编出定海针的这位作者，恐怕对海洋、水运非常了解。不要说古代，就是现代，海船上的各种工具，普通百姓恐怕也大多不认识。所以我想，只有见过这种东西的人，才编得出。这位作者应该是一位住在东南沿海，至少也是大江大河边上的人。

最后补充两点：

一、据甘肃民族师范学院的王四四先生回忆，甘肃一带的木匠，所用的测长度与深度的一种工具也叫“定子”，正是绳子拴着一根小铁棍。可见无论海上还是陆上，甚至内陆地区都在使用了。

二、水利工程中用标杆来看水位，无论是古代还是今天都这么用，比如都江堰的石人就有这种功能。我所在的北京，自从 2012 年闹过大水后，立交桥下面都立有“定海针”了。

弼马温到底是多大的官？

孙悟空在闹了龙宫、地府后，被太白金星招安上天，封作了弼马温。我们就从这个官儿说起。

弼马温的由来

历史上并无“弼马温”一职。弼马温的谐音是“避马瘟”。民间传说，猴子养在马厩中，可以避免马匹患瘟疫。这个传说到底靠不靠谱，不知道，但确实很早。晋干宝《搜神记》就记过。《齐民要术》里说，马厩里养猴，能消百病。《本草纲目》也说了这个事。拴马桩的桩头，往往雕一个猴子，用意与此是一样的（另一说有“马上封侯”求富贵的意思）。更详细的解释[①]，这里就不多展开了。我们着重说的是孙悟空到底当了个什么官儿。

---

① 参见邢义田先生有关“猴与马”造型的系列研究论文、陈洪．从孙悟空名号看《西游记》成书的“全真化”环节[J]．中国高校社会科学，2013，7（86—94，156）。

弼马温这个官很小吗？

在《西游记》中，弼马温是御马监的“正堂管事”，是给玉帝养马的。按书里说法，是个“未入流”的小官。

现在流行的百回本《西游记》定型于明代，这里的御马监，自然是借用明朝的御马监——明代宫廷里“十二监”之一，这十二监都由太监主管。明朝的御马监，权力大得很。开始大概只管管皇帝的御马，后来就有权力调兵遣将了，例如正德时期的四万禁军，就归御马监管。这是个正经八百的实权部门！

御马监太监（这里的“太监”是这个官的专称，不是阉人的通称）是这个部门的一把手，正四品，下面的副手由从四品到正六品不等。这个官儿大得很，绝不是未入流！要知道，明代的地方知府不过是正四品，国子监祭酒（相当于今天的教育部部长）不过是从四品。孙悟空若真相当于御马监太监，绝不会亲自给马匹端屎端尿。我们查一查明代的史料，就会知道御马监太监每天忙活的是统筹规划，争夺马匹资源，拍皇上马屁，甚至还做钦差大臣，红得不得了。还有，太监一定是阉过的人，孙悟空那个又没有丢……

御马监在明朝，名声很差。万历皇帝的老娘是李太后，李太后发迹后，一家子显贵。老爹李伟封为武清伯，这老家伙又贪又蠢，给戚继光的士兵造了许多假棉袄。李太后的弟弟李文进，万历的亲老舅，因为姐姐进宫，就上赶子自宫了。跟姐姐入宫后，李文进很快就升到御马监太监。我们的猴哥焉能与这些人并列！

"冏卿"和基层的错位

御马监是直接服务皇上的，明代还有一个给国家养马的机构叫"太仆寺"，一把手叫太仆或太仆寺卿。太仆在春秋时期就有了，周穆王有个出名的大臣叫伯冏，做过这个官，所以后世就把太仆叫"冏卿"。明代官制，太仆寺卿是从三品。孙悟空被封为弼马温时，明代李卓吾（李贽）评本《西游记》有一句批语："老孙该造个冏卿第。""第"，就是府邸。在熟悉明代官场的李卓吾看来，"弼马温"这个官不小了，孙悟空该造个太仆的府邸来住才对。

"冏"这个字，网络上一度作为"郁闷、悲伤、无奈"的意思在用。因为这个字长得像一张无奈的脸。所以为什么孙悟空就"冏"成这个样子？由从三品变成未入流？李卓吾的这句话，其实透露了消息。要知道，太仆寺作为国家养马机构，养马场遍及全国各地，只要适合养马的县，都设有太仆寺的马场，学名叫"牧监"，比如天长县所设的，就叫"天长牧监"。我算了一下，一个牧监所管马的数量，大致就在一千到几千（再多，一个县的力量就养不起了）[1]，这和孙悟空在天宫清点的天马数量"止有天马千匹"，正好是差不多的。

所以，孙悟空干的这个活，说白了就是县级养马场的场长，在明代叫"牧监监正"[2]，在官场的最底层。洪武二十八年，这个正九品的官职，倒霉催的，居然被革除了，当然就彻底"未

① 参见《明太祖实录》洪武十年

② 王文超．从弼马温论明朝的马政 [J]．广州大学学报（社会学科版），2002，1（9）

入流”了！

牧监的一把手叫“监正”，二把手叫“监副”，这个监副也出现在了《西游记》里。1986版电视剧《西游记》演这个监副的是沙僧的扮演者闫怀礼老师，大家注意过吗？

冏卿你好，冏卿再见！

明白了以上的道理，我们可以据此看一下孙悟空及其同僚们对待这个官职的心态。

在灵霄宝殿上，武曲星君向玉帝推荐孙悟空说：“天宫里各处都不少官，只有御马监缺个正堂管事。”这个“正堂管事”非常值得玩味。“正堂”，一般是对地方官的称呼，而不是对中央机构官员的称呼。明清的知府、知县叫正堂。一个县设一个牧监，所以也“正堂”起来了。“管事”，就更low了，一般是指称财主家的总管，或者军队里比较低级的头目。《水浒传》里林冲说“拨我去大军草料场管事”，草料场和马场，算是差不多的平级单位。这个正堂管事从武曲星君嘴里说，那潜台词就是嘴角撇着：你以为是个正堂？其实你就是个管事！但从当事人看来，那就是胸脯挺着：虽然我是个“管事”，但我总归算个“正堂”。透着小单位头目心比天高的充大的感觉。

一个县只有一个牧监，看上去似乎是，我当老二谁敢当老大，但其实就是个养马的。漫说省市级领导，估计当地知县，恐怕也正眼都不夹他。从这个官职以及别人对它的称呼“正堂管事”上，我们可以体会孙悟空的那种微妙心态，也可以理解为什么他会反出天宫。

作者想的是一出，写的是另一出

因为要写天宫的事，所以作者起名字肯定是往大里起，实际写，却只能写他见过、懂得的经验。他要写的是宫廷里的御马监，脑子里参考的却是各县的牧监。御马监在深宫内院，他恐怕是没见过的。但地方的牧监，却是他所常见的——现在很多县仍有“马场道”这个地名——因为都有个“监”字，就管不了那么多了。

从这一点来看，这一回的作者，有才当然是有才，但恐怕不是社会上层人物。还有，戏曲小说往往喜欢把官场简单化。就如郭德纲和于谦唱过的“听说那老包要出京，忙坏了东宫与西宫。东宫娘娘烙大饼，西宫娘娘剥大葱”——老百姓要写皇家的事情，只能照他所经过、见过的事来想象，大饼大葱就是他所知道的最好吃的东西了。

天仙也不好当

孙悟空到了天宫之后，初来还觉得好玩，后来就发现满不是那么回事。他“昼夜不睡，滋养马匹。日间舞弄犹可，夜间看管殷勤，但是马睡的，赶起来吃草；走的，捉将来靠槽”。

这一段很写实，下界凡人上了天宫，就像一个年轻毕业生刚考上公务员，虽然不再是个穷学生，但在新的工作单位，开始的时候必然要被使唤来使唤去，他们有个共同的名字叫“新（gàn）同（zá）志（huó）”。

天宫是不是这样？还真是这样。我们翻一翻《太平广记》，就会发现有个仙人叫白石先生。这位白石先生，和古代那位长寿的彭祖是朋友，年纪比彭祖更大，靠修炼交接之道（房中术），活了两千多岁，每天煮白石头当饭吃。他是能升天的，但就是不肯。彭祖问他为什么，他说，天上多的是大仙大神，我去了只能伺候他们，比人间更苦，所以干脆乐得不去。

葛洪《神仙传》说汉代淮南王刘安，因为修炼成仙，飞升上天。他在凡间当王爷当惯了，到了天上还对人颐指气使，天上众神怎么可能惯着他？没多久，就罚他去扫了三年天厕。

齐天大圣和孙行者：
我大闹天宫，你却到处被打爆

齐天大圣（李云中　绘）

有一个问题一直困扰着西游迷们，那就是猴哥前后的本领太不一样了：闹天宫的齐天大圣能大战十万天兵；取经的孙行者反倒动不动就被虐得一塌糊涂，到处请神仙帮忙。在打黄眉怪、狮驼国的时候，甚至急得哭哭啼啼，简直就是猴哥人生的大污点啊！

这个问题，大概是网上最容易引起讨论的话题。我看过许多种解释：

解释一，紧箍咒是一道封印，封住了孙悟空的能力。

解释二，大闹天宫时神仙们保留实力，没有用最强法宝。但是神仙的下属下界后，各种宝物都用了出来。

解释三，孙悟空五百年没有练功了，别的妖怪早就超过他了。

解释四，孙悟空要保护唐僧，瞻前顾后，有本事使不出来。

这些解释当然都很有趣，但都有一个共同默认的前提，就是《西游记》是一个作者写的，情节必须前后照应。

事实果然如此吗?

是什么决定了虐人和被虐?

主角虐别人和被别人虐，取决于什么？装备、法术、武功、天时、地利、人和?

不是的，很简单，故事都是作者写的，作者想让你被虐，你就得被虐。

也就是说，猴哥虐人和被虐，取决于《西游记》的作者喽?

也不全是。要知道，作者写故事是给读者和观众看的。观众、读者如果不答应，写了故事谁愿意看？比如《神雕侠侣》里玷污了小龙女的尹志平，其实在历史上是全真教的高道。道教徒众一致反对金大侠这么写，于是，金大侠不得不把他改名“甄志丙”了。这就是观众会反过来影响作者。

所以说，一个故事里的人物有多厉害，是作者和观众共同决定的。

《西游记》是一部积累了几百年的皇皇大作，不是由一个人花几年时间写成的。这部书包括了几十个故事，更不可能是一个人坐在家里一口气编成的。

西游故事的祖宗长什么样

我先给大家讲两个最老最老的西游故事吧：

> 又忽遇一道野火连天，大生烟焰，行去不得。遂将钵盂一照，叫“天王”一声，当下火灭，七人便过此坳。

> 举步如飞，前遇一溪，洪水茫茫。法师烦恼。猴行者曰：“但请前行，自有方便。”行者大叫“天王”一声，溪水断流，洪浪干绝。师行过了，合掌擎拳。此是宿缘，天宫助力。

这两个故事分别是“火焰山”和“通天河”故事的原型，出自《大唐三藏取经诗话》，一般认为这是宋朝人讲的西游故事。那个钵盂，可不是唐太宗赐的，而是北方毗沙门天王所赐，是一件可以召唤天王的法器。诸位看这两个故事，猴哥都没自己搞定困难。

唐代以来，毗沙门天王信仰十分兴盛。这两个故事，其实是给毗沙门天王当软文用的。这里面出现了两次“天王”，和很多软文里“无意”带出来的客服电话，目的是一样一样的。

为什么会这样？写《大唐三藏取经诗话》的这位老兄有什么目的？这种诗话，一般都是在寺庙里讲给信众听的，是用来宣扬佛法的。这几个故事，宣扬的是天王信仰。就像你在产品宣讲会上收到的传单，上面当然会带客服电话了！

翻拍如何避免狗血

所以说，西游故事从唐宋时出现的时候，就是用来宣传佛教的。这两个故事，因为涉及征服自然的险阻，很是壮伟。人们喜欢，就流传下来了，而且不断被翻拍。

故事的翻拍，一般来说，不能改动它的大框架。强行改，会剧烈掉粉的。所以2016年的电影《三打白骨精》，猴哥把唐僧一棍打死。我就心里想：看你怎么收场！果不其然，到最后，编剧还是乖乖地让观音菩萨把唐僧的灵魂送回本体，依然保持了师徒四人取经的格局。假如唐僧没有复活，孙、猪、沙三人去取经，或者散伙了，或者干脆就地开了个店，编剧就等着收刀片吧。

今天如此，古代也一样啊。比如“火焰山”的故事，已经深入人心。后来的作者想翻拍，演绎成孙猴金箍棒一捣，在地下捣了个地道，师徒四人走地下钻过去，这在逻辑上也无不妥，但作者估计能被“老粉”们砸烂脑袋。于是在《西游记杂剧》里，孙行者仍然搞不定铁扇公主，仍然要去搬救兵，虽然不是天王帮忙，而是观音菩萨率领水部诸神把火灭掉了。这自然和观音信仰有关。到了百回本《西游记》里，阵容就更强大了，托塔天王、哪吒、四大金刚，各路神仙同时上场，才把牛魔王缉拿归案。也就是说，这个故事从源头那里，就没打算让主角出力，所以影响着猴哥也弱了。

这种故事是宣扬佛教的，从祖宗辈那里就设定成猴哥要请人，如果“翻拍”故事里不请人，就得罪老观众了。

还有一种故事，一般是道教人士编进去的，我只简单举一个例子：猴哥大战红孩儿，败得很惨，很惨，甚至败到我都不愿看1986版电视剧《西游记》里《大战红孩儿》这一集，因为太有辱我们猴哥的形象了！

为什么会这样？其实这段故事，是经过了有全真道背景的作者的加工，用来宣讲内丹理论的。内丹术特别讲“火候”，如果不慎，很容易危及生命。作者用红孩儿之火比喻内丹修炼时的“邪火”，象征修行者之心的猴哥只是作者操纵的木偶，就是要表演一个“邪火攻心”给大伙看。具体的情节，我们会在红孩儿那一回讲，这里就不多展开了。

齐天大圣的上位

那么，作者为什么不在一开始就限制齐天大圣的技能点？前头写得那么牛，后来又弱，拿观众感情开玩笑吗？

注意，凡是做这种评价的时候，一定要先想一想，这两个故事是一个人写的吗？我反复说了，《西游记》不可能是一个人写成的。闹天宫的齐天大圣和取经的孙行者，本来就是两个猴！两套故事是两拨人写的。

乍一听可能比较费解，但不知大家注意没有，凡涉及花果山时期猴哥的，我一律称齐天大圣，凡涉及取经时期猴哥的，一律称孙行者。因为这本来就是两套故事系统，大概是在元代的时候才硬拧巴到一起去的。

猴子多的地方，比如四川、福建、广东、台湾等地，一般都有猴精的传说，而且越编越离奇：开始就是骚扰一下百姓；后来发展为把良家少女抢到洞里霸占；再发展，就是连天兵都不惧了。当然，这些故事的最后，猴精也受到了镇压，但丝毫不影响当地百姓对大圣的喜爱和敬畏。当地人一般喊这些猴精为"某某大圣"。

其实从宋代开始，流传在福建一带的"瑜伽教"的神灵，就喜欢用"大圣"命名，这个习惯一直延续到今天。例如通天大圣、弥天大圣、雪山大圣、雄威大圣、象鼻大圣、猪头大圣、丹霞大圣、翻江大圣、搅海大圣、驱雷大圣、撒云大圣……只要出一个神仙，老百姓就喜欢叫他"某某大圣"。时间一长，自然满街都是大圣了。

今天的《西游记》里，孙悟空孤零零一个人，但在明代以前的齐天大圣故事里，他不仅有七位平辈的兄弟姐妹：弥天大圣、通天大圣、要要三郎（以上公猴），铁色猕猴、巫支祇圣母、龟山水母、泗州圣母（以上母猴，有的是一猴多名）。他甚至还有老婆和女儿！《西游记》里，孙悟空还跟六个兄弟结拜，都自号某某大圣，这正是大圣信仰留下的痕迹。

这位猴哥的各种早期故事，也都综合了各种"大圣"和同类猴精的事迹。比如《西游记杂剧》里保唐僧取经，是通天大圣。《陈巡检梅岭失妻记》是齐天大圣。还有个名叫孙行者的，是要要三郎……百回本的《西游记》都给编到一个猴子身上去了，名字也固定下来了，就是今天的"齐天大圣"。我们这里只用"齐天大圣”一个名字代替。大圣身上，流动的是民间信仰的血液。他和山林、和乡土是息息相关的。

行者呢？它是中国北方和西域玄奘取经故事里的。玄奘取经途中有一只神猴保护，它一般叫“某行者”（猴行者、孙行者）。这只神猴的原型是谁呢？有人说是玄奘大师的一个叫“石槃陀”的保镖，有人说是印度一只叫哈奴曼的神猴的化身，现在已经说不清楚了。但这个“行者”具有佛教的血统是没有疑问的。

齐天大圣在南方大山里生活了几百年，福建、广东一带的人把它捧得很高，到处讲它的英雄故事。因为这些地区相对闭塞，所以，大概元代以前，齐天大圣还没有和它地盘以外的故事发生过交流。这就像《飞狐外传》里的南霸天，在胡斐来之前，他从没遇到过对手。所以这套故事里，齐天大圣最多只被虐一回——这还得看作者是乐意看它最后逍遥自在还是被镇压了。

不知道哪位（或许是一群）天才的作家，发现了这位地方上的神灵。从齐天大圣傲岸不羁的故事中，他看到了大圣放射出的无限光芒——这正是追求生命自由的耀眼光芒，许多人因温良懦弱而久已缺失的光芒！他说：“跟我来吧。大圣！我将让你扬名于天下！”

于是，齐天大圣跟着这位（群）作家，走进了北方取经故事的班底，而且这套班子似乎正在衰落，在民间，玄奘法师的故事讲来讲去也不是那么有趣了。这时又正是北方草原民族一统中国的时代，原来的猴行者，由于有西域血统，和本土文化各种不合。

如果说南方的崇山峻岭就是镇压住齐天大圣，让它无法发展的五行山，那么，放出大圣的救星，就是这位（群）天才的作家！

于是，齐天大圣与猴行者合体了，这就是我们今天看到的孙悟空。百回本《西游记》前七回，讲的是齐天大圣的出身；后面九十多回，讲的是孙行者的取经故事。这正是两套故事相结合的特征。孙悟空在取经路上，遇到的各种艰难险阻，往往是佛教和道教人士为了宣扬教义设定的，于是可怜的猴哥一次次被虐，虐得我们憋气又心酸。理解吧，原谅吧，猴哥在这里，担负的任务实在是太重了……

然而这位猴哥，时不时要爆出一些惊人言论，好比他得知金角大王和银角大王的背景，是观音菩萨故意从太上老君那里借来，与师徒四人为难的，他就骂观音：一辈子找不到老公。又如他听到如来佛祖和大鹏精论亲戚，他就说：论起来，佛祖还是妖精的外甥。这些特征，多是从齐天大圣那个系统带来的。原来那个齐天大圣，有些言论实在惊人到尴尬。比如元杂剧里他说："我盗了太上老君炼就金丹，九转炼得铜筋铁骨，火眼金睛，鍮石屁眼，摆锡鸡巴。"登山观风景，就说："好高山，好明月，我且拉一堆屎。"在今天的《西游记》里，已经改好了许多了！

所以孙悟空前后本领不一，完全是不同的作者、不同的观众出于不同的目的，加在他身上的。今天的《西游记》故事，就像一块抹了一层层奶油的蛋糕，它在几百年的流传中，至少叠加了三层：第一层最古老，是一些宣扬佛教的故事；第二层，是后来全真道为了讲内丹加入的；第三层，是另一些和民间信仰有关的人士加入的。其实可能还有第四层，我后文会提到。

一些喜欢道教的朋友可能会说：你错了，《西游记》就是一部讲修炼的书，因天机不可泄露，所以用了许多隐语。这个数字是有含义的，那个形象是有含义的。总之到处都是微言大义。

一些喜欢佛教的朋友也许会说：你错了，《西游记》就是宣扬佛法的，不然去取经干什么。不然孙悟空为什么打得过道教神仙，见了佛祖就老实了？

还是那句话，这些说法都是建立在《西游记》是一位作者一次写成的前提之下的。但只是从文本本身出发，我认为《西游记》这一块抹了很多层奶油的蛋糕，从玄奘大师取经开始，到现在都一千多年了，早已经化成了一摊糊涂。我写这本书的一个目的，就是要把这一层层化掉的奶油，重新分出层来（听起来很逆天），把叠加在《西游记》里的这些层次，一个一个地择出来，还给大家一部清晰透彻的《西游记》。

说说李天王一家子

我们今天看到的哪吒的标准造型，一般是梳两个髽髻，围一个兜肚，荷叶超短裙，光着腿和脚，顶多加一个荷花披肩。好像从夏天到冬天，他都是这样一身好清凉好清凉的打扮。1986 版电视剧《西游记》里哪吒连鞋都没穿，被孙悟空挠脚心，居然还不痒。

但事实上，《西游记》原著里哪吒不是这样的。

哪吒在攻打花果山的时候，书上倒没有细说他穿的什么衣服。但是他帮孙悟空降伏牛魔王的时候，见面第一句话是："大圣！衣甲在身，不能为礼。"说明他是有盔甲的。还有一次，孙悟空的金箍棒被青牛精用金刚琢套去。孙悟空没办法，请来了李天王和哪吒助拳。哪吒的样子：

> 绣带舞风飞彩焰，锦袍映日放金花。环绦灼灼攀心镜，宝甲辉辉衬战靴。身小声洪多壮丽，三天护教恶哪吒。

战袍、腰带、护心镜、护甲、战靴，全身披挂，包裹得严严实实，这身打扮怎么可能被孙悟空挠脚心？真挠的话，大靴子一脚踹脸上！

其他的明朝小说写哪吒，也都是包裹得严严实实，请看这一段：

哪吒出阵怎生打扮？但见头戴红花紫金圈，身披八宝绣盔甲，脚穿绿线皂皮靴……

这是明朝另一部小说《南游记》里哪吒的打扮，《西游记》里没说戴盔，他这里也戴了盔。上阵也不是踩着平衡车一样的风火轮，而是骑马的。

更早期的，比如杂剧《二郎神醉射锁魔镜》里面，哪吒戴一顶“铃杵冠”，穿一件蟒衣战袍，还加一件坎肩。也是穿很多衣服的。事实上，元朝人画的哪吒，也是穿着袍子、靴子，一点都不清凉。

《三教源流搜神大全》里的哪吒

扒走哪吒衣服的是《封神演义》

《封神演义》有些内容和《西游记》差不多，但它比《西游记》更喜欢东抄西抄，而且特别喜欢抄《西游记》。我重复一遍，不要以为这些名著格调多高，其实就是民间的消遣读物，或许有点寓意，但求之过深必然徒劳无功！如果拿《封神演义》里的神仙当道教正宗的神仙谱系，就完全不靠谱。

《封神演义》里的哪吒，就是从各种地方抄来的。这位哪吒脚踩风火轮，腰里别着金砖，手拿火尖枪。风火轮是从华光那里“偷”来的，乾坤圈其实就是《南游记》里哪吒的“红花紫金圈”。火尖枪和整个造型是借用《西游记》里红孩儿的“也无甚么盔甲，只是腰间束一条锦绣战裙，赤着脚”，于是《封神演义》后的哪吒全都光腿赤脚了。除了抄红孩儿，《封神演义》也抄善财童子，这位童子的形象也是光腿赤脚居多。有一本《封神真形图》，就是《封神演义》的人物画谱，就干脆标上“善财童子哪吒”了！

《西游记》里的哪吒，虽然有个“火轮儿”，却没说是代步工具，哪吒拿“火轮儿”当平衡车使，似乎也是《封神演义》的发明。

近些年拍的一些电视剧和动画片，比如《宝莲灯前传》，哪吒的衣服又多起来了，不得不说是一种回归。

《封神真形图》里的善财童子哪吒

哪吒他爹是谁?

肯定有人说：那还用问，是陈塘关总兵李靖李天王啊。这其实是后来小说的提法。正宗的道教里并没有什么天王[1]，天王是佛教的神。

在佛经中，哪吒是四大天王中毗沙门天王的三儿子，平时捧

---

① 当然，我们并不排除有个别道经里提到过，比如“昆仑之山在黄曾天下，太微帝君或居中央，有四天王，各镇四边，各掌一方天下”（《洞玄灵宝诸天世界造化经·昆仑山王四天下品》）。这应该就是从佛经抄来的。因为道教经典的形成复杂得很，各家说法都不一样。

着宝塔，跟在天王左右值班。“毗沙门天”音译自“多闻天”的梵语 Vaisravana，大家都知道四大天王，分别是东方持国天王、南方增长天王、西方广目天王、北方多闻天王。在佛教里，四大天王分别镇守佛国四方的一方。

那么，为什么在《西游记》里成了天宫有四个门，四大天王各看一座呢？

我们一定要有这样一个认识：《西游记》里的天宫，既不是佛教的所谓的“天”，也不是道教的“天”，而是民间自编自创的“天”，这里面加入了很多老百姓的想象、发明。

老百姓可不懂什么梵语，还以为“毗沙门”就是天上的一座什么门。于是在民间，毗沙门天王，就成了镇守“毗沙”门的天王了。大伙儿一想：既然有了北方“毗沙”门，那自然也有东西南三个门。你们四个天王，看四个门去吧。于是就把四位天神彻底转岗成四个门卫了！

毗沙门天王信仰在唐代非常兴盛。李靖，大家都知道，他本是唐代开国元勋，大伙儿很喜欢，不仅香火供奉，而且还不断给他身上编故事。

一个有名的故事，就是李靖代龙王行雨，说他到一个地方借宿，正好这个地方龙王要下雨，缺人手，就请他补个缺。李靖自作主张，多下了二十滴，结果平地水深猛增二十丈。

这个故事本来讲讲就完了，谁知佛经中正好西方广目天王是管龙王的，他的名字叫“毗留博叉”，于是人们就把李靖编到这位“毗留博叉”身上去了。但是“毗留博叉”天王，实在不如“毗沙门”天王有名。两个天王都姓“毗”，老百姓也分不清“毗留博叉”和“毗沙门”的区别，前面一个还绕嘴。得了，就算你李靖是那个托宝塔的毗沙门天王吧！于是在大家的编排下，毗沙门天王和李靖合体了，李靖穿着毗沙门天王的一套装备，走马上任，做他的托塔李天王去了。

杨景贤《西游记杂剧》有这么一段：

天兵百万总归降，金塔高擎镇北方。四海尽知名与姓，毗沙门下李天王。

这里面已经明确地把李天王放在“毗沙门”下面了。

李靖谋得了毗沙门天王的实际名分后，把他的部下也带过来了。四大天王都有一堆属下。毗留博叉天王是管龙王的，毗沙门天王是管夜叉的。所以李天王出征花果山的时候，有“药叉将催兵、鱼肚将掠后”，药叉当然就是夜叉的另一种写法。毗沙门天王还有十六诸天神王做助手，共同守护佛教的北方世界，这神王的首领叫“伊荼”，“鱼肚”就是“伊荼”的讹音。不仅部下，甚至儿子也被带过来了。本来是“毗沙门天王”儿子的哪吒，也变成了李靖的儿子。

曾经叫“毗沙门天王”的多闻天王，也没被忘记，在不太懂佛典的老百姓心中，“毗沙门天王”和“多闻天王”自然是不同的两个人。于是多闻天王成了光杆司令一个，只能穿一身门卫服，二十四小时在“毗沙”门盯着了。名分没了，部下没了，连儿子都没了，名字里的“门”，反倒交给我看着了。天下还有比这憋屈的事嘛！

金吒和木吒

在佛经里，毗沙门天王还有其他儿子，但哪吒的出镜率最高。久而久之，天王的其他儿子，大家都忘记了叫什么，天王身边就永远跟着一位三太子了。

哪吒是“三”太子，那么，大太子和二太子，都叫什么？本来，毗沙门还有别的儿子，比如独健，但提得少，老百姓对他不熟悉，一点也不理会。于是，我们可爱的中国老百姓，就开始给天王编排儿子了。

继哪吒之后，先成为天王儿子的，就是木叉。

木叉本来是唐代高僧僧伽大师的弟子。僧伽大师的两个弟子，一个叫惠岸，一个叫木叉，但是老百姓以为他们是一个人，传来传去，又把“叉”字写成“吒”字，于是得以与哪吒排行，成为托塔李天王的儿子。多说一句，木叉的“木”，也是个音译字，并不是五行里的“木”。

继木叉之后，成为天王儿子的，是君吒。

有人说，你写错字了，他叫金吒。放心，没错，我《西游记》校注的底本，就是明刻世德堂本，就写作“君吒”。另外，有一本书叫《三教源流搜神大全》，写作“军吒”，发音都一样。唐朝信奉的佛教神很多，有“军吒利明王”“军吒利金刚童子”，唐朝有个文学家叫权德舆，他的孙子从小有病，取的小名就叫“君吒”，就是借这位军（君）吒利明王或童子的威名镇一镇。这和李世民的大哥李建成，小名叫毗沙门，目的是一样的。

“君吒”或“军吒”什么时候又变成金吒了呢？这还是民间

搞出来的笑话。原因很简单，因为老二已经叫木吒，按照金木水火土的顺序，木的上面当然是金，读来读去，就变成金吒了！

这样一来，老三哪吒反倒是真正的老大，老大金吒却成了实际上的老三！所以，各种神话故事里，基本上都是哪吒戏份最多，木吒次之，金吒最少。原因正是木吒和金吒都不是亲生的，而金吒最后认的爹！

托塔李天王一家子，表面上看显赫极了，背景却是一连串的误会和笑话。三个儿子，有两个不是亲生的！这正说明，类似《西游记》的各种故事，多半是经口头传播，而不是从书本上传播的。书本上传播，因为毕竟有依据，一般不会造成这种可笑的错误。只有口口相传，才会一错一大串。所以，如果觉得金吒、木吒，这里面有什么五行理论的微言大义，那实在是不靠谱的事！

有些研究得很深入的朋友说，《西游记》就是一部丹经，问我怎么看待《西游记》的寓意。我说，寓意当然是有的，但求之过深就不好了。比如在清代道士悟元子看来，《西游记》里全是微言大义，每一句都有深意。他批注第六回时说："王母为老阴，属《坤》；惠岸为木，属《巽》。"漫说拿《周易》来比附通俗故事是牵强附会，就算用道教的说法，王母本是西华至妙之气所化，属金，配西方，怎么也算少阴而不是老阴，她既不是老太太，也不是玉皇大帝的老婆！而且惠岸的那个"木叉"的木字，就是一个音译字，和五行的木扯不上半点儿关系。

所以，硬说《西游记》有什么微言大义，实在是不靠谱的事。我们看这种论调，就权当它是一种借题发挥的再创作吧！

二郎神为啥这么清俊？

二郎神的故事特别有意思，一点儿不亚于孙悟空，我打算用两讲来介绍，这一讲，我就从《西游记》原著的一首诗讲起。

帽子的秘密

《西游记》里，二郎神一出场，作者就给他配了一首诗，是这样写的：

> 仪容清俊貌堂堂，两耳垂肩目有光。头戴三山飞凤帽，身穿一领淡鹅黄。缕金靴衬盘龙袜，玉带团花八宝妆。腰挎弹弓新月样，手执三尖两刃枪。……

好了，问题来了："仪容清俊"，为什么是清俊而不是威武雄壮或其他呢？

有读者要问了：这句都有问题呀？是的，有问题。

二郎神的形象有个演化过程，他有时候是英俊小生，有时候又是个胡子大叔。早期的二郎神形象，在一幅《斩蛟图》中，据称，这位胡子大叔，就是二郎神的前身。当然，他很有魅力，很威猛，但绝对谈不上“清俊”。这个演化过程将近两千年，我们下一讲详细说。

德国藏唐吴道子《斩蛟图》

其实，这首诗最有意思的地方不是“仪容清俊”，而是三山飞凤帽——这种帽子本是明代太监戴的！

明《三宝太监下西洋》写郑和的穿戴：“头上戴一顶嵌金三山帽，身上穿一领簇锦蟒龙袍。”《金瓶梅词话》第七十回说：“只见一个太监，身穿大红蟒衣，头戴三山帽，脚下粉底皂靴。”

“三山帽”，不是说头上有三座山的帽子。明代太监的帽子，漆纱质的圆顶，帽后一片高出来的环状板，正好围拢三面，空出正面。这个“三山”，应该是“三面山墙”的意思。

现存许多明代太监的雕像和画像，如实地反映了当时的情况。我们对比下北京故宫藏《搜山图》里的二郎神和明代保存下来的两尊太监像。您真的……真的不觉得二郎神那个帽子，与他们的是一个小商品城出来的吗？

如果大家还不相信，请对比明代二郎神铜像和明代太监铜像，要不是二郎神自带三只眼，您能看出哪位是太监、哪位是二郎神吗？

明代二郎神铜像和明代太监铜像

所以，大家不要以为二郎神白白净净，高大帅气，就是大帅哥！我十岁左右看到郑和的像，白白净净的，一直以为他是帅哥。等大一点了，才知道怎么回事。二郎神的内心，也许很苦很苦的……

杨戬纯属躺枪

二郎神长得像太监，和他的名字“杨戬”有莫大的关系（这个名字《西游记》没有，见于《封神演义》）。因为宋代有一个宦官也叫杨戬，他本是个势利小人，结党营私，玩弄权术，在北宋末年的腐败官场，也算得一朵“奇葩”。

那么二郎神杨戬和宦官杨戬是怎么被联系起来的？

原来，《醒世恒言》有一卷叫《勘皮靴单证二郎神》，说宋徽宗宫内有位韩夫人，在宦官杨戬府中养病。韩夫人病好后，到二郎神庙烧香还愿。庙官叫孙神通，会妖法，假扮作二郎神，每晚翻墙到杨戬府里，找韩夫人私通。杨戬找道士破妖法，用棍子击落一只皮靴，经过勘查，终于破案。

但这个故事从宋代就开始流传，基本格局与明朝的差不多。只因为发生在杨戬府上，又和二郎神有关系，传来传去，二郎神的名字居然就变成杨戬了！民间最喜欢七拼八凑地编故事，不按常理出牌，有这种误会和笑话，再正常不过了。这位杨公公，生前当宦官，死后竟然混成了二郎神，不知是该哭还是该笑！

另外，明代宫廷演戏，剧里有戴三山帽的，不管是武将还是神仙，往往就是太监扮的，因为他们的衣饰很华丽，可以不用另穿戏服，武将也有戴三山帽的，比如赵云，但他也戴盔，因为他只是普通的武将，戴什么都可以。[①]二郎神是神话人物，戏剧中又是太监扮演的，自然而然地，就把现实中太监身上的一些元素，带到剧中人物的打扮中了。有些人物形象的服饰，和他的身份发生密切联系之后，就无论如何甩不脱了。

比如关公，史书上从来没说他戴绿头巾。这顶头巾是借用了庙里伽蓝神的形象。在杂剧《关云长大破蚩尤》里有个搞笑的段子，关羽居然还抱怨这顶绿帽子，说他本来不是这个模样，都是

① 宋俊华．中国古代戏剧服饰研究[M].广州：广东高等教育出版社，2003.

老百姓不好，把他的形象塑得糟糕了："颇恨那愚浊下民，他塑画的我不依本分。……塑的我披着副黄金铠，可戴一顶渗青巾。"但民间认为关羽等同于护教伽蓝，于是这顶绿帽子一戴上就再也摘不掉了。就算他本尊都出面抱怨，老百姓还是不肯给他摘下来。

二郎神头上这顶"三山帽"，也结结实实地戴了几百年，从来就没有摘下过。所有涉及二郎神的文学，都在讲他这顶帽子，似乎不讲就对不起这位爷。比如《狐狸缘全传》："二郎爷生来圣像多端正，丰满满的容光亮彩似银。三山帽，朱缨衬，金丝累，珍玉润，扣顶门，压两鬓。"专讲他白白的脸盘子，特别的三山帽。如果不是太监"出身"，焉能摘不下这顶有寓意的帽子！

大家再去看《搜山图》里的二郎神，戴三山帽、面白清俊，说他是郑和又有什么不可呢？

三只眼

二郎神有三只眼，基本已经成为常识，比如1986版电视剧《西游记》里就演的是三只眼。但我发现《西游记》原著里，并没有特意地描写这个特点，即便是识破孙悟空变的小庙，他也只是"睁凤目"，而不是用的三只眼，不知道明代的二郎神有没有三只眼，大概在或然之间。《搜山图》里的二郎神没有三只眼，二郎神铜像有三只眼。

《西游记》《封神演义》里借用了非常多的密教元素，比如三头六臂、巨大的法身、蓝面朱发等等。三只眼可能也是从密教借来的（当然还有别的解释，这里只提一种）。如果各位去密教寺庙逛过，就会发现三只眼的神像到处都是。

谁动了二郎神的ID？

我之前已经说过，孙行者和齐天大圣不是同一个猴，就是齐天大圣，也是一个吸收了若干猿猴精故事的综合体。

这一讲我们来看二郎神的出身故事[①]，他和孙悟空不大一样。他这两千多年的特点，就是“二郎”这个“账号”一直没有什么太大变化，跑来抢这个大号的人反倒一拨又一拨。真可谓“千年神庙八百主，铁打的ID流水的神”。

二郎神和哪吒原来是亲兄弟

对的，您没看错！首先注册“二郎神”这个ID的，是哪吒的亲哥哥。

之前说过哪吒一家子，他和金吒、木吒并不是亲兄弟，金吒、木吒都是后来被硬编到托塔李天王名下当儿子的。

在佛典里，哪吒是托塔李天王的原型毗沙门天王的正经儿子，他是三太子。哪吒的亲二哥叫独健。在唐代的传说中，他曾

---

① 二郎神的形成，情况非常复杂，学界也有不同的说法，本书势必不能面面俱到，只能讲一个大致的脉络。

经多次带神兵帮唐朝打退敌人的进攻，因此，在唐代的信仰中，他也获得了相当的地位。

但独健似乎都是单独行动，很少像哪吒一样天天跟着父王。所以，在毗沙门天王的故事里，人们很少提到他，等于是分家另过了。但他并没有被人忘记，而是作为毗沙门天王二儿子的身份，继续接受人们的崇拜。独健这个名字太不好记了，人们就喊他“二郎神”。这应该是二郎神的最早来源。

原来哪吒和二郎神是失散多年的兄弟……所以我们看《封神演义》，感觉哪吒和金吒、木吒两个哥哥从来就不亲，和杨戬倒很亲。这是故事的内在逻辑决定的。金吒、木吒身上没有故事，而是二郎神因为具有一部分独健的血统，从出身、本领都很接近，就很容易和哪吒搭上戏。在游戏里这叫“相性相近”。

成功的营销策略

二郎神的英名流传了一千多年，至今不衰，这在营销策略上是非常成功的。那么，独健的这个 ID 有什么过人之处呢？

首先，这个文案很成功。“二郎”这个名字，第一是通俗好记，不识字的也懂，而且立刻能记住。如果叫“独健神”，那就很麻烦。独健他爸爸毗沙门天王，他因为不肯改这个音译词“毗沙门”，以为叫个外文名字是调调。结果老百姓说：你不是喜欢叫毗沙门吗？那就看大门好了。他找谁说理去？第二，自带吸粉功能！因为古代管青年人叫郎，如周瑜叫周郎、孙策叫孙郎、唐玄宗叫三郎、武松也叫二郎，不管是小帅、猛男还是高富帅，但都能吸引一大批粉丝。

其次，在形象上，这个 ID 的 logo 辨识度非常高：戎装金甲、珠冠锦绣、持弓挟箭。非常帅气！所以独健这个 ID 一推出，马上就火起来了。

最后，品牌形象维护做得好。一个公号如果经常变名字、换 logo，那肯定会损失粉丝的。在此后一千多年里，“二郎神”的形象没怎么变，名字更是没变过，这在宣传策略上是非常高明的。

但是，现在我们也知道，大号是有商业价值的。所以，“二郎神”这个 ID 虽然是由独健注册的，但他没有用多久，就被一群神争抢。先后把 ID“抢到手”的，主要有赵昱、李冰次子、杨戬。还有一些小喽啰如许逊、邓遐，这是偶尔蹭蹭的，暂且不表。

各路神仙抢大号

唐朝末年，天下大乱，四川地区仗着四面环山，相对繁荣稳定了几十年。大批中原人氏跑到四川避难，代表佛教的独健信仰在四川地区火了起来。当地道教当然不买账，他们开始开发自己的“二郎神”。于是，他们“聘用”赵昱做“代言人”。

赵昱是隋朝人，据说他任嘉州太守期间，江里有一条老蛟为害。年仅二十六岁的赵昱持刀下水，和老蛟大战，一时之间，江水泛红，轰声如雷，赵昱一手提刀，一手提蛟头，跃出水面。于是在当地道教的“炒作”下，外来户独健被撵出了四川盆地，“二郎神”公号的签名档改成了前嘉州市市长赵昱。

但这些宗教界人士不接地气，一连搞了两件作死的事。

《三教源流搜神大全》里的赵昱

第一件就是改“二郎神”公号的头像。赵昱是朝廷命官，所以道教徒开始还是把他画成一副官老爷的样子。要知道，二郎神最初的形象，在老百姓心中是有品牌认可度的，和老百姓充官架子，这种营销策略简直就是作死的节奏。

但是道教徒很快认识到了这一点，就让赵昱抛弃了官服，穿上了独健的珠冠金甲、绣袍。虽然胡子不刮，也还看得过去。这一下子亲民多了。等于把大众认可的二郎神头像重新改了回来。

赵昱本来是使刀或使剑的，为了用这个ID，连那张弓都继承下来了——也不管会不会使。于是，不管赵昱是不是行二，反正二郎神就姓了赵。

第二件就是不“拜码头”。一件事情只要火起来，一定会牵动很多利益集团。赵昱成了二郎神之后，惹恼了另一位老牌的清水袍哥，他叫李冰。

我爸是李冰

赵昱虽然号称嘉州太守，斩蛟扬名，但毕竟也是个初闯江湖的二十六岁青皮后生，而四川是大码头！在这里立招牌，不“拜码头”不是自讨苦吃吗？这个大码头的主人，就是秦时蜀郡守、开凿了都江堰的李冰，他相当于今天四川省省长，秦朝一共才三十多个郡，官位比赵昱那个嘉州太守等级高。

老实说，李省长凭着生前修建都江堰的政绩，惠泽四川人民两千余年，在民间也获得了鼎盛的香火，这是他实至名归，无可撼动。而赵昱纯粹是一帮道教人士捧红的。论级别、论威望、论资历、论群众基础，赵昱不“拜码头”无论如何都是不对的。所以，民间对这位赵二郎当然有众多不服气，他们开始借助李冰的赫赫威名制造新的二郎神。

然后就有了传说，李冰有个二儿子，协助老爹在蜀郡修坝、治水。他也斩过蛟，也打过水怪。于是，新的一批庙宇建起来了。里面供奉的是李二郎而不是赵二郎。于是，没有群众基础的赵二郎渐渐退出，二郎神又姓了李。其实李冰有没有儿子，史料上并没有细说，更不要说二儿子了。所谓李冰次子，纯粹是抢到

“二郎神”账号后，现改的用户资料。

不得不说，拥有广泛群众基础的李冰父子的政治谋略，远在道教神赵昱之上。李二郎抢来了赵昱的“二郎神”ID 后，一不改头像，二不改 ID，而是大力发展奉祀二郎的灌县，这里正是都江堰所在地，是李冰父子的大本营！就连《西游记》里的那个二郎神，尽管姓杨，也必须住在灌江口。这就是“官二代”的厉害之处。不但抢 ID，连后台服务器都抢来了！只要二郎庙一天在灌口，只要都江堰一天不毁，李二郎就注定坐享“二郎神”的美名和香火了！所以我们一定不要小看今天全国各地争抢名人故里，古人也是一样的。只要某位名人落户某地，带来的就是真金白银啊！

李二郎凭借“官二代”的身份、李省长的资源，在四川稳稳坐镇了好几百年。到现在，四川人提起“二郎”，多数指李二郎而不是赵二郎。二郎神信仰的大本营——今天灌县的二王庙，在历史上又称“二郎庙”，合祀李冰、李二郎父子。和老爹坐一起，在二郎而言，这就是明着说：“我爸是李冰！”

事情还在起变化

赵二郎、李二郎在四川扬名后，他们的信仰，也逐渐普及全国。但在中原以及江南地区，人们可不管你姓赵还是姓李。他们自会根据自己的需要，编造自己喜欢的故事。

上一讲说了，杨戬就是这样成为二郎神的。

但是，杨二郎并没有全面篡夺李二郎的 ID，只是用了他的一身行头（行头也没有全用，例如三山帽就是杨二郎自己的），在中原地区“招摇撞骗”。

于是，我们就会发现一个有趣的分化现象：在四川灌县，所见的二郎神的实际形象，多是李二郎；而在民间流传的小说戏剧中，多是杨二郎。也就是说，李二郎住在庙里，杨二郎活在纸上。这也不稀奇，因为二郎神本来就是从一场误会中产生的，只是个虚拟人物。这真是“政由宁氏，祭则寡人”。杨二郎的地盘在中原地区，对李二郎独霸的川蜀构不成多大的威胁。

但这样一个小号冒充大号“到处生事”，总也不是个办法。鉴于此，势力到不了中原的李冰和李二郎，对这位杨二郎用了统战政策，把他拉到灌县的二郎殿里，成为李二郎的副牌——主神是李二郎，杨二郎作配。这就是统战工作的艺术技巧，不许他一家独大，但作为条件，把虚拟媒体这一块的渠道让给他。这更像是微博大号和小号的关系。那位愣头青赵昱却无影无踪了！

所以“二郎神到底是谁”，本身就是非常复杂的问题。不但不同的朝代不一样，就算同一时代也不止一个二郎神在活动，不能简单地说是谁或者不是谁。二郎神的发展演化过程可以看作一个名叫“二郎神”的公号，头像和名字都是不变的，却不停地更换实际的所有者，所以就不停地换签名档和用户资料。另外，还偷偷申请了一个小号，来干点别的。

最后谈一个有趣的事。《西游记》里孙悟空和二郎神打着打着，忽然脑子抽风似的，跑到灌江口二郎庙去玩了一把 cosplay，还和随后赶到的二郎神说：“郎君不消嚷，庙宇已姓了孙了。”这似乎有对“二郎神”经常换人的调侃。只是我证据不足，不能妄下结论。但《西游记》里的二郎神，明显就是历史上各种“二郎”的混合体了。

孙悟空为什么有尾巴？

二郎神和孙悟空大战，《西游记》是这么描写的：

> 那大圣趁着机会，滚下山崖，伏在那里又变，变一座土地庙儿：大张着口，似个庙门；牙齿变作门扇，舌头变作菩萨，眼睛变作窗棂。只有尾巴不好收拾，竖在后面，变作一根旗竿。

然而，很快就被二郎神识破了。

> （二郎神）笑道："是这猢狲了！他今又在那里哄我。我也曾见庙宇，更不曾见一个旗竿竖在后面的。断是这畜生弄喧！他若哄我进去，他便一口咬住。我怎肯进去？等我掣拳先捣窗棂，后踢门扇！"

诸位有没有发现，这里有一个问题：孙悟空为什么有尾巴？

肯定有读者要说：怎么还有这么弱智的问题！孙悟空是猴子，猴子当然有尾巴了！

然而我又要婆婆嘴了，《西游记》是一部复杂的作品，我们看事情，可不要看得这么简单。

要回答孙悟空凭什么有尾巴，先要回答一个问题：孙悟空到底是什么动物？

有朋友说：当然是猴了，这还用问吗？

答案有问题，至少不全面。且看下文分解。

猿与猴的区别

前面已经提到：齐天大圣故事和猴行者故事，是两个不同的系统。这两个故事里的主角，是两个猴而不是一个猴。齐天大圣和猴行者的不同，除了一个是本土故事、一个是佛教故事外，还有猿、猴的区别。

齐天大圣的“远祖”们都是猿，而不是猴。

汉代《吴越春秋》的，越女剑里的袁公变成一只大白猿而去——金庸先生的《越女剑》就是以这个故事为原型。唐代小说《古岳渎经》里说无支祁：“状有如猿，白首长鬐，雪牙金爪。”《太平广记》收录的唐人所作的《白猿传》，写了一个白猿精强抢民女的故事——这是孙悟空的一个原型。宋元话本《陈巡检梅岭失妻记》明说猿精申阳公“是白猿精，千年成器，变化难测”。就连元代杂剧《二郎神锁齐天大圣》里，齐天大圣自己都说“轻舒猿臂”，似乎也是一只猿精。

此外，在中国传统故事里，带有神性的一般是猿。猿有许多高贵的品质，如性仁，不贪食多，善长啸，善引气（因为臂长），这很容易使人联想到隐居的高士。《三国演义》电视剧里，三顾茅庐后，诸葛亮《卧龙吟》唱的是“清风明月入怀抱，猿鹤听我再抚琴”，这是高士的情怀啊。猿与鹤，都是高级的动物。猴是没有这么高贵的属性的。

一跟猴有关就差些了。比如“轩鹤冠猴”形容的是滥厕禄位、虚有其表的人；再比如“杀鸡儆猴”“沐猴而冠”等。古书上说“猿与猕猴不共山宿”，猿还看不起猴呢！《二郎神锁齐天大圣》里，猕猴精自己都说：“小圣乃花果山水帘洞猕猴大神是也。自太极初分，化生万物，各有异样，可不知怎么又生下我这样尖嘴缩腮，毛手毛脚，这等碜东西来？”

然而佛典里绝大多数都是猴，还特别声称是“猕猴”，也就是说，孙行者的远祖都是猴。例如《大唐三藏取经诗话》里的猴行者，自称“猕猴王”——这其实就表明了他的西域血统，而且一定是一只有尾巴的猴了。还有佛本生故事里的猕猴王，以及被认为是孙悟空西域远祖的神猴哈奴曼等，都是猴。哈奴曼一定是猴而不是猿，他有尾巴，而且是一件厉害兵器：

> 哈奴曼不慌不忙，跳下拱门，抽下一根铁门闩，嗖嗖舞将起来。他的大尾巴摔打在地上，发出炸雷般轰响，群魔吓得魂飞魄散，抱头鼠窜。哈奴曼就势用铁门闩扫地似的将他们一一敲死。
>
> ……
>
> 众魔兵大喜，闹闹嚷嚷把哈奴曼带到十头魔面前。十头魔咬牙切齿，下令点燃哈奴曼的尾巴，游街示众。众魔兵七手八脚地在神猴尾巴上缠上破布棉絮，又浇上油，点着了火，推推搡搡拉他上了街。
>
> ……

……他（哈奴曼）迅速缩小身体，挣脱捆缚，跃上城头。尾巴上的火呼啦啦燃烧，像一道带电的云霞，夜色中划着耀眼的弧线。

神猴从一个房顶跳向另一个房顶，顷刻之间，楞伽城内火光冲天，鬼哭狼嚎。熊熊烈火烧毁了楞伽城，只留下悉多被囚的无忧林。

由此可知，哈奴曼非常善于使用尾巴，既当鞭子又当火把，危急时刻还靠尾巴救了他的命。

不要说哈奴曼，对任何一只猴子来说，尾巴都是非常重要的。猴子灵活地使用尾巴，像我们人类使用双手一样天经地义！可是孙悟空就不是这样了。生为一只猴，又是猴子的首领美猴王，居然不会用尾巴！这简直就是猴界的奇耻大辱！不但不会用，这条尾巴还经常成为他的累赘。天下有这样笨的猴吗？

所以说，孙悟空不会用尾巴，很可能是先天的原因。他本来就是猿，不是猴，你硬给他安一条尾巴，他当然不会用了！

真是石猴吗？

有人说，今天的《西游记》里，孙悟空生来不就是一只“石猴”吗？猴不就是带尾巴的吗？不但带尾巴，尾巴还变过旗竿呢。是的，不过齐天大圣和猴行者合体后，要让他的形象前后统一，总不能前面没有尾巴，后面忽然长出一条来。而且，事情远没有我们想象的那么简单。

世德堂本《西游记》，是现存最早的百回本《西游记》，今天各大出版社，几乎都是（或者号称）根据这个版本整理的。第一回涉及石猴的地方，我们看看都是怎么写的。

孙悟空出世：

> 因见风，化作一个石猴。

千里眼顺风耳汇报：

> 见风化一石猴，在那里拜四方。

进水帘洞：

> 忽见丛杂中跳出一个石猴，应声高叫道："我进去！我进去！"

发现了洞天之后：

> 石猿喜不自胜，急抽身往外便走。（不错，您没看错，是石猿！不是石猴）

群猴进了洞：

> 石猿端坐上面道……（不错，也是石猿！）

确立了地位：

石猿高登王位，将“石”字儿隐了，遂称美猴王。

有人说：为什么我看的今人印的《西游记》全是石猴了呢？我要说：那一定不是根据最早的世德堂本印的，或是声称是世德堂本，实际上有所更改。我在中华书局出版的《西游记》校注，是一个字一个字作了校勘的。

如果拿明代的其他版本来比较一下，就更有意思了。

世德堂本《西游记》是石猿、石猴参半的，稍晚一点的杨闽斋本《西游记》里有的“石猿”被改作了“石猴”，这正是杨闽斋本想统一成“石猴”，而没有完全统好的痕迹。我一直强调，世德堂本绝不是一个最早的百回本，但它之前的版本，现在都见不到了。

那是不是就可以猜测：越往前的版本，“石猿”越多；越往后，就越多地被改作“石猴”了？最早想出孙悟空诞生于仙石的作者，他笔下的是“石猿”而不是“石猴”。只是一次一次地翻印、流传，人们可能觉得猿不如猴好玩，就慢慢地改成“石猴”了。但是《西游记》就是个通俗读物，统稿的人不肯花时间改干净，所以就留下了石猿、石猴并存的局面了！

另外多说一句：《西游记》喜欢把孙悟空叫“心猿”，那么更可以推知，仙石里的那个胎儿，更有可能是猿种而不是猴种了。今天的孙悟空，是结合了猿和猴各种特征的混合体。

降伏孙悟空为啥要派二郎神？

这一讲，我们主要来说说二郎神与孙悟空的“爱恨情仇”。两人大战的时候，原著有这样一段描写：

> （二郎神和孙悟空大战之时，他的几个兄弟）康、张、姚、李、郭申、直健，传号令，撒放草头神，向他那水帘洞外，纵着鹰犬，搭弩张弓，一齐掩杀。可怜冲散妖猴四健将，捉拿灵怪二三千。那些猴，抛戈弃甲，撇剑丢枪；跑的跑，喊的喊；上山的上山，归洞的归洞；好似夜猫惊宿鸟，飞洒满天星。众弟兄得胜不题。

把孙悟空捉住后，二郎神又对几个弟兄说：

> 贤弟，汝等未受天箓，不得面见玉帝。教天甲神兵押着，我同天王等上界回旨。你们帅众在此搜山，搜净之后，仍回灌口。待我请了赏，讨了功，回来同乐。

第二十八回，孙悟空打死白骨精后，被赶回花果山，还有一处照应：

> 那山上花草俱无，烟霞尽绝；峰岩倒塌，林树焦枯。你道怎么这等？只因他闹了天宫，拿上界去，此山被显圣二郎神，率领那梅山七弟兄，放火烧坏了。

我反复说过，在南方，比如四川和福建，猴子多的地方，流传着许多猿猴成精的故事。但在这些故事里的猿猴精，总要有人收服的。收服的人，必然是当世英雄。于是，英雄和猿猴精，就结下了千年梁子，玩了一千多年的“猫鼠游戏”。其中一个主题，就是射猿。

千年梁子

射猿的最早故事，可以追溯到楚国的养由基。据说楚王遇到一只白猿，就叫人射它，白猿一边接箭一边笑。楚王又叫养由基来射。养由基刚拿起弓，那猿就吓得抱着树木嚎哭了起来。这个故事，后来一演再演，越演越复杂，越演越好看。

四川渠县东汉沈府君阙上有一幅射猿图：英雄弯弓欲射，猿摇摇欲坠。这幅图和二郎神射孙悟空有什么渊源呢？二郎神本来使剑，三尖两刃刀是后配的，但他千年不变的兵器，不是这把刀，而是弓，从注册“二郎神”这个 ID 的独健太子开始，就已经有这张弓了。

其次，原著里讲，孙悟空变了一只花鸨，“二郎见他变得低贱——花鸨乃鸟中至贱至淫之物，不拘鸾、凤、鹰、鸦都与交群。故此不去拢傍，即现原身，走将去，取过弹弓拽满，一弹子把他打个踀踵”。这个“射猿”的基因也保留在《西游记》里。

除了“射猿”，还有“刺猿”。新津汉代石棺刺猿图中，猿精都是没有尾巴的。越女剑、《白猿传》、申阳公，也不曾有使用尾巴的记录。这更说明，产自中国南方大山的齐天大圣和猿的关系比猴要近一些。

射猿、刺猿的故事，发展到唐宋时期，出现了一种绘画题材，名为《搜山图》。而搜山的主角，也从一些不知名的武将转向二郎神了。

了解了这些背景，也就明白玉帝为什么要派二郎神去征服孙悟空，以及二郎神为什么要命令手下搜山。这个山是一定要搜的，因为二郎神是孙悟空最适合的降伏者、老对头，这个梁子结了一千多年了！

《二郎搜山图歌》与吴承恩

我一再强调，吴承恩不一定是《西游记》的作者。但为什么有那么多人喜欢把著作权判给他呢？这些人坚持的一个证据，就是吴承恩写过一首《二郎搜山图歌》。

这首诗是这样的：

李在唯闻画山水，不谓兼能貌神鬼。
笔端变幻真骇人，意态如生状奇诡。
少年都美清源公，指挥部从扬灵风。
星飞电掣各奉命，搜罗要使山林空。
名鹰搏拿犬腾啮，大剑长刀莹霜雪。

猴老难延欲断魂，狐娘空洒娇啼血。
江翻海搅走六丁，纷纷水怪无留纵。
青锋一下断狂虺，金锁交缠擒毒龙。
神兵猎妖犹猎兽，探穴捣巢无逸寇。
平生气焰安在哉，牙爪虽存敢驰骤。
我闻古圣开鸿蒙，命官绝地天之通。
轩辕铸镜禹铸鼎，四方民物俱昭融。
后来群魔出孔窍，白昼搏人繁聚啸。
终南进士老钟馗，空向宫闱啖虚耗。
民灾翻出衣冠中，不为猿鹤为沙虫。
坐观宋室用五鬼，不见虞廷诛四凶。
野夫有怀多感激，抚事临风三叹息。
胸中磨损斩邪刀，欲起平之恨无力。
救月有矢救日弓，世间岂谓无英雄?
谁能为我致麟凤，长令万年保合清宁功。

有人说，《西游记》里不正有二郎神打败孙悟空后，清剿花果山吗?既然吴承恩写过《二郎搜山图歌》，可见他喜欢这个题材，所以《西游记》也应该是他写的。

其实只要稍微懂一点诗、不抱着生拉硬扯的心态就能看出来，吴承恩这首诗，是非常非常正能量的。他完全站在二郎神一边，他对二郎神对手们的描写，都是泛泛的，并没有特别强调哪一位。况且这里面点了名的妖怪，猴老、狐娘、水怪、狂虺、毒龙，除了猴老和《西游记》沾点边之外，别的一概没有在花果山出现过。这和《西游记》大写特写孙悟空的英雄事迹大相径庭。

还有，如果《搜山图》启发了吴承恩的灵感，那么他应该浓墨重彩地写才对。说实话，《西游记》原著里搜山的情节，还不如这首诗字多。这未免太不合情理了。

而且这首诗里对二郎神的称呼是“清源公”，而《西游记》对二郎神的称呼，是“显圣真君”“昭惠二郎神”等——这么说吧，“清源”两个字，在《西游记》里根本就没有出现过。

还有一点，吴承恩这里大写特写的是“胸中磨损斩邪刀，欲起平之恨无力”，他期盼社会上、朝廷中出现二郎神一样的英雄，驱除当道的奸臣。这一点，稍微懂一些古代儒生思想情怀的读者都能看出来。《西游记》前七回有这种儒生情怀吗？

没有！《西游记》前七回的作者写的是生命的自由，写的是一个不受任何压制的灵魂。当然，他也写出了不受压制的代价，完全体现出一种传统版本的“独立之精神，自由之思想”。盖猴哥之战绩，或有时而不彰；猴哥之法术，或有时不灵光。而此独立之精神，自由之思想，历千万祀而永久，共三光而永光！

谁在为玉帝效劳？

网上流传着一个说法：因为玉皇大帝是道教神，所以天庭是代表道教的。

其实，天宫并不是或者并不全是道教的。这句话乍听起来很奇怪——天宫不是道教的，难道还是佛教的不成？不妨跳出这个思维定式，跟着我往下看。

神仙也有僵尸粉

我们先来看一份神仙名单，这里出现了许多“天帝”。

高虚清明天帝、无想无结无爱天帝、太玄上梵紫灵毓元快见天帝、大梵九玄中元炁阿城给道德天帝、极梵洞微九灵炁带阿那天帝、灵梵玄天炁禅天诸惠天帝、太极无厓紫虚洞幽梵迦摩夷天帝、玄梵大行无量无所念惠天帝、无色玄洞微波罗荅悡天帝、玄上录梵灭然天帝、玉清昌阳运机虚皇高元道君、玉清皇老三天丈人道君、玉清无上三天玉童道君、玉清高上三天虚皇道君、玉清上皇玉虚道君、玉清洞虚三元太明皇上道君、玉清皇上玉帝玄君、玉清太素高虚上极紫微道君……

这是宋代的一份神仙名单（选自《无上黄箓大斋立成仪》)，还只是其中一小部分。这些神仙，我们会感觉很陌生，不知他们都是从哪里冒出来的。而且，大部分神仙在《西游记》里根本没有出现过，托塔李天王、哪吒三太子等名人，根本就没在这份名单里！而二郎神在这里叫"齐天昭惠灵显清源真君"，不知排到多少名以后去了！

再随机翻一下《续道藏》，又会发现里面有许多"天王"：

速送魔宗大天王、斩灭邪根大天王、符命所讨大天王、明列罪原大天王、南山神咒大天王、威伏八方大天王、群妖灭爽大天王、万试摧亡大天王、南河水帝大天王、太伯龙王大天王、神咒流行大天王、普扫不祥大天王、洪水飞灾大天王、上召蛟龙大天王……

如果熟悉《西游记》的人看了这个，一定觉得《西游记》的天宫里只有四五个天王，实在是高效廉政极了！

其实这些只是道教千百万神仙中的一个小角——随便翻，随便找，《道藏》神仙满地跑——不同的道经，各有一大套天神、天仙、天王，名字还都不一样。这实在不稀奇。因为道教发展到《西游记》产生的明代，不知产生了多少教派，这些教派不知编出了多少典籍，典籍里又不知编了多少神仙。要将他们一个个数出来，恐怕会是一个天文数字！这还是有名有姓的，某某神将动辄"领兵吏三十六万骑"，如果也算在内，那就更无法计算了。

这就好像一个社交平台，上面动辄活跃几百万几千万粉丝，其中，有许多是“僵尸粉”“机器粉”，他们并不对应一个固定的大活人，只是一个电脑自动生成的ID，是用来凑数、壮声势的。道经里这些天帝、天王、神仙，绝大多数都是编经书的人士编出来的，可能只在一部经中出现过，用来壮壮声势，在信众心中根本就没有获得过地位。

还有一种情况就是，这个神或许曾经活跃过一段时间，随着历史变迁或教派的消亡，人们对他已经陌生了，不信仰他了，对他也就不再关注了。

这种神虽然不是机器生成的，但也就此沉寂，相当于所谓“死粉”。

如何判断真粉与活跃用户

很简单，看民间信仰的兴盛程度，看庙宇里有没有塑他的像，看民间文学中他出镜的频率。

我们再看一份名单，这是明代记录民间俗神的一部书《三教源流搜神大全》里的：

> 佛祖、老子、孔子、玉皇上帝、后土皇地祇、东华帝君、西王母、梓潼帝君、三元大帝、五岳、四渎、许真君、三茅真君、惠能、宝志禅师、普庵禅师、关公、蚕女、赵公明、钟馗、神荼郁垒、司命灶神、福神、紫姑、南华庄生、观音菩萨、天妃娘娘、盘瓠、太岁殷元帅、慧远禅师、鸠摩罗什禅师、玄奘禅师、一行禅

师、金刚智禅师、地藏王菩萨、青衣神、张天师、五雷神、电母、风伯、雨师、门神二将军、天王、哪吒太子、十八罗汉、清源妙道真君、驱邪院主、五通神……

这里面的神仙，是不是看着就顺眼、熟悉多了？

不错，他们就是活跃用户。而这些神仙，正是《西游记》天宫诸神的来源。不信我们去对应一下，十之八九，都在《西游记》的天宫名单里。

所以在民间有人气的，未必在体制内有地位。就像赵忠祥，我妈妈那辈人，都以为他是中央电视台台长，但他实际只是一位主持人而已。托塔李天王、哪吒、二郎神，这几位在民间的香火可谓旺盛极了，但在真正的道教神谱里面却默默无闻。

但是，《三教源流搜神大全》里的神仙都是道教的吗？并不是。比如，五岳、四渎，在道教产生以前，国家祀典里就有记载。蚕女是民间传说故事的女主角。观音、罗汉是佛教来的。《西游记》里天宫诸神也是如此。

那么，问题来了：这些神仙为何会如此庞杂？因为他们很难算是宗教意义上的道教神，他们有一个共同的“名字”——民间信仰！

如果大家还不能区分民间信仰神和宗教意义的神灵，不妨想一想有些知名学者，他们在学术上自有一片研究领域，但因为喜欢参与讨论公众话题，在媒体上也频频出镜。这时民众所见到的，是这个学者的公众形象，而不是学术界形象。当然，他的公众形象和学术地位，肯定是有一定的关系，但并不能等同。如果从公众形象去判断他学术界的地位，岂不是犯糊涂？

《西游记》里有佛教道教的斗争吗?

有许多朋友问我,《西游记》是宣扬佛教或道教的吗?《西游记》是讲佛道之间的斗争吗?甚至还有人问,《西游记》是讲佛教或道教的阴谋吗?观音菩萨是不是佛祖派来搞倒道教的?

要让我讲的话,问这种问题:第一,把我国信仰简单化了;第二,把正式宗教和民间信仰以及两者的神混为一谈了;第三,太不了解这些神仙的来源了。

元明时期,民间崇信的所谓道教也不是纯正的道教,佛教也不是纯正的佛教。佛寺里供奉很多道教神、道观里也供着很多佛教神,甚至连孔子都拉来了。这里面肯定有各大宗教的斗争和融合,但都是建立在民间信仰、群众喜恶的逻辑上的。

佛教、道教的高层人士,信仰或许还是很纯正的。但不要忘了,《西游记》只是一部通俗小说,它的受众是底层大众。这里面出现的人物,自然以老百姓喜闻乐见的民间神居多。

如果因为天宫里有玉帝,就认为他代表了道教,而观音菩萨是要来搞倒道教的话,那我们不妨看看和孙悟空在花果山打过仗的各路神仙都是什么来历。按出场顺序:

几次征讨花果山的总兵元帅——托塔李天王,原型是佛教的毗沙门天王。他统辖的鱼肚将、药叉将,之前说过,都是佛教的神王、鬼卒。

第一次先锋官——巨灵神,上古神话传说中劈开华山的河神。他属于上古的原始信仰,后来列入国家祀典。然而,《道藏》的各种斋醮祀典的神仙名单里,就没有巨灵神这个名字!他只在一些仙人的传记里出现过。

第一次交锋主力——哪吒，毗沙门天王的三太子。

第二次先锋官——九曜凶星，来自印度的《九执历》。

第二次征讨的帮手——四大天王，佛教四天王天的天主。

第三次交锋主力——木叉，僧伽大师的弟子。

最终降伏者——二郎神，最早的原型是毗沙门天王的太子独健，后来被道教化。

另外推荐二郎神的观音菩萨，看上去更是十足的佛教人物。

好家伙，除了巨灵神还算是社会招聘外，这些替玉帝效劳的全都是佛教人物！连玉帝外甥都是毗沙门天王的儿子——这份乱！难道玉帝成了光杆司令？下面一帮佛教人士替他保卫道教政权永不变色？这到底是佛教的胜利还是道教的胜利？如果是佛教的胜利，又何必让观音来“搞倒道教”？这些人手握重兵在天宫内外潜伏了几百年还没搞倒道教？

如果用阴谋论讲《西游记》，我保证讲出N种好玩的解读。比如佛教手腕高明，天庭的兵权已经全面被佛教人士篡夺，他们马上就可以发动政变了。比如玉帝手腕高明，把一堆佛教人士笼络过来替他卖命，而把道教的实力保存了。比如既然二郎神原型是毗沙门天王的儿子，又是玉帝的外甥，那么玉帝派李天王出征，自然是派遣亲家喽。用阴谋论解释《西游记》恐怕怎么说都行吧？当然，我觉得当娱乐是可以的，如果当成真理去读，那肯定是“一认真你就输了”。

这样解读，恐怕是对老百姓的思想，尤其是明代民间的思想太不了解。完全是从人物标签上去认识神仙的：看见观音，就断定他是佛教的；看见玉帝，就断定他是道教的。这和我们“文革”

时看见贫农就说是好人，看见地主就说是坏人又有什么区别呢？所以说，标签理论真的会使人头脑简单化……今天的我们，应该用多元的、融合的眼光看问题。紫微大帝贵为道教四御，又列在观音菩萨二十四诸天之内，难道就是道教派到佛教的卧底？关公既在佛寺里做伽蓝，又在道观里做护法，难道就成了两面派？

很多研读《西游记》的人士，就是这样手里拿一沓事先写好的标签，先给《西游记》里的人物噼里啪啦贴一圈：这个是佛教的，那个是道教的，有些看上去不清不楚的，就闭着眼摸奖似的抽一条，也给他贴一个。然后据此分析里面的佛道斗争——因为这样分析最省脑筋最省力！

他们有个潜台词：反正吴承恩就是这么写的——一般他们都乐意相信《西游记》是吴承恩写的，因为抽去这个前提，就会给他们带来极大的麻烦。只要《西游记》有一个确定的作者，那么一切责任都可以往作者身上推。我忠实原著啊，你看原著啊，吴承恩就这么写的啊，分析错了不怨我啊。这样分析出来的结果，自然就和过去拿阶级出身划立场一样，能有多靠谱？拿我考研时背过的几句马哲的理论来说，这就叫：割裂地、静止地看问题！

与其费尽心思地这样那样解释，还不如跳出这个非黑即白的思路。事实上，在民间信仰里，四大天王、观音、二郎神等，是越来越道教化了。至少说，呈现出的是佛道混合的民间面目。

就拿观音来说，他当然在佛典里是一位重要的菩萨。但是，从早期佛教到明清民间信仰，他名字虽然还叫观音，但职能、任务，包括形象，早就被民间改造过了。用个术语，就是“神格”发生了改变。神格变了，就像人格变了一样，可以不必当作原来那位“观自在菩萨”了。

河北省吴桥县的碧霞祠里，道教的碧霞元君和观音菩萨同排并坐。平时也由道士来管理香火。这个观音菩萨，其实已经是道教化的观音菩萨，或者民间化的观音菩萨了！

再比如，崂山太清宫的救苦殿，里面供奉三位：太一救苦天尊、观音菩萨、吕洞宾。这三位有意思极了，一位是道教天尊、一位是佛教菩萨、一位是由儒家书生转变而成的俗神（吕洞宾入道前是儒生）。太清宫可是正规的道教场所，而且已经贵为“宫”（小的只能叫“观”），还是如此接地气，把天尊、菩萨和俗神放一起供养。反过来，佛寺里又何尝没有开财神殿，供着比干、赵公明的？这就是中国文化的包容性。

我一再强调，《西游记》是一部积累了几百年的作品，并不是一人一时写成的。从《西游记杂剧》开始，就有观音寻找取经人的情节了：“（观音说）老僧为唐僧西游，奏过玉帝，差十方保官，都聚于海外蓬莱三岛。”如果坚持佛道对立的立场，不觉得这件事很违和吗？观音要奏过玉帝，才能请到其他保官：李天王、哪吒、二郎神、九曜星君、华光天王……这些保官，佛道混杂；聚集的地点蓬莱三岛，又是道教地盘。另外，杂剧《火焰山》的故事中，风伯雨师、雷公电母、二十八宿，也是受观音指挥的。这是杂剧！这里面能有什么阴谋呢？又有什么阴谋，能几百年没有变动呢？难道这一代一代的作者都商量好了，一定要把这个阴谋梗流传下去吗？我们只能说这十个保官，无非是民间比较熟的十位神仙而已，他们已经脱离了纯宗教身份，成了民间俗神，所以他们行事的逻辑，就是民间艺人按自己的理解，给他们安上的逻辑。仅此而已。

玉帝是一个人还是许多人？

我们已经知道，《西游记》里的诸神，其实多是以民间信仰的面目出现的，和正式的宗教神祇还有一定的差距。接下来，我们就详细地聊一聊天宫这些神仙。

《西游记》第一回里，玉帝有一个很长的名字，看似很高大上，其实不编还好，一编就把命名者（未必是作者）的底细露出来了：

> （孙悟空从仙石中诞生后）目运两道金光，射冲斗府。惊动高天上圣大慈仁者玉皇大天尊玄穹高上帝，驾座金阙云宫灵霄宝殿……

这个名字有问题吗？当然有。“高天上圣大慈仁者玉皇大天尊玄穹高上帝”，这个名字很容易让我们误以为这是他的官方全名。然而事实并非如此。

玉帝作为道教权力最大的神仙，历代统治者、道教大师经常为他上尊号，比如“昊天金阙无上至尊自然妙有弥罗至真玉皇上帝”“昊天金阙玉皇玄穹高上帝”“玄穹高上玉皇大帝”等等。

而《西游记》里玉帝的全称一共十八个字，并非官方的正式尊号，而是拼凑起来的。“高天上圣，大慈仁者”，是玉帝的“十号”中的两个，出自《高上玉皇本行集经·玉皇功德品》。“玉皇大天尊，玄穹高上帝”，来自《弥罗宝诰》。这区区十八个字的尊号，居然就有“高”“天”“上”“大”四个字重复出现。不是说尊号一定不能有重字，但这样的拼凑明显欠讲究，估计是命名者没想到前八个字和后十个字是两个来源。

这两部道经，是明代玉皇信仰最常见的经典，所以也是最容易被顺手拿来拼凑的。佛有十号：如来、应供、正遍知、明行足、善逝、世间解、无上士、调御丈夫、天人师、世尊。道教喜欢借鉴佛教，于是也给玉皇大帝搞“十号”。这十号是：

> 穹苍真老、妙圆清静、智慧辨才、至道至尊、三界师、混元祖、无能圣主、四生慈父、高天上圣、大慈仁者（《高上玉皇本行集经》）

这十号当然从不同的侧面表述了玉帝的功德，但也只有“高天上圣”和“大慈仁者”可充作比较庄重严肃的全称，顶多再算上“至道至尊”。其他的，要么片面，要么不够肃穆，要么格局太小，要么有歧义，要么音节上不整齐，比如总不能管玉帝叫“真老大帝”“无能天尊”吧。命名者在《西游记》里编出这么一个名字来，又把“昊天金阙”变成“金阙云宫”，挪到后面去，无非有两个可能：一、表示是游戏之作，不是道教经典里的正式称呼；二、作者本来也不懂道教科仪，随便拉出几个好听的词来编排编排。也或许两者都有。

所以，只能说《西游记》里的玉帝有一些道教元素，如果一定认为玉帝就是道教的代表，在《西游记》里道教和佛教属于两个阵营，就失之偏颇了。

玉帝的出现是非常晚的事。中国自古以来就有一个宇宙最高神，叫“上帝”，就连基督教的“上帝”，翻译过来时用的也是这个名字——现在一说“上帝”，很多人就以为是外来的神，这个词的本源大多数人反倒不清楚了。

“上帝”，也单称“帝”，也叫“太一”“昊天上帝”。玉帝呢，在南北朝时期，还只是一个地位不高的神，但随着历代统治者的追捧、文人的描写，他的地位一路飙升。宋朝的时候，玉帝在民间开始与“昊天上帝”合体了。

我们不妨这样理解：“上帝”也好，“昊天上帝”也好，更像是一个职位的名字，而不是一个具体的神的名字，它描述的是一种职能。就像“市长”，既可以指代担任此职的官员，也可以指代这个职务。

唐代段成式《酉阳杂俎》有个故事，说天翁（就是天公）原来姓刘，人间有个叫张坚的人，有一只会说话的白雀，可以给他预报吉凶。刘天翁想方设法要害他，都被他避了过去。刘天翁就亲自下界，张坚故意设宴款待，席间偷了刘天翁的车，乘白龙上了天，夺了宝座。刘天翁赶紧乘剩下的龙追他，到了天宫发现门都关了，只好徘徊下界，到处生灾。张坚就封他为泰山太守，这才息事宁人。这是玉帝为何姓张的传说之一。民间故事中，阎王、城隍都是一个职务，可以不停地换人。玉帝成为“上帝”，只不过顺应了民意而已。

太上老君住在哪里？

玉帝的名字带有一种民间的味道，太上老君也是如此。

太上老君住哪里？

《西游记》里说太上老君住的兜率宫、离恨天，在《道藏》里翻遍了，也不会找到这两个地方。兜率宫倒还靠谱一点，但那是佛经里的：三十三天之上有兜率天，兜率天的宫殿分内外院，其中内院是候补佛所居净土，由弥勒菩萨主持，为修佛者向往之处。《西游记》里的兜率宫恐怕也只能指这里了。

离恨天呢？道教经典一般说太上老君住在“三清境”，从来也没个“离恨天”的说法。在佛教的宇宙观里，世界中心为须弥山，三十三天在须弥山顶：山顶四方各八天城，如善法堂天、山峰天，加上中央帝释所住的善见城（喜见城），共有三十三处，故称三十三天，但也并没有“离恨天”。这件事让钱锺书先生解释起来，也很为难，他在《管锥编·离骚经章句序》中认为，《大智度论·释萨陀波仑品》称众香城有四娱乐园，其二名“离忧”，《大般若波罗蜜多经》称南方经无数世界之后，有最后世界名“离一切忧”。这大概就是“离恨天”的来历。绕了三四个圈，总算是靠上边了。

“离忧”本来是“远离忧愁”，民间却以为“离忧”“离恨”是“离愁别恨”的意思，所以元明戏剧中，常以“离恨”与“相思”并举。如《朝野新声太平乐府》卷八：“最高的离恨天堂，最低的相思地狱。”查应光《靳史》：“费长房缩不就相思地，女娲氏补不完离恨天。”郑德辉杂剧《迷青琐倩女离魂》：“三十三天觑了离恨天最高，四百四病害了相思病怎熬？”这都是离别相思愁苦至极的具象比喻。我们现在不也说“后悔药可没处买”嘛。后悔药不过是一种比喻，哪里真有一种药叫后悔药呢，古代神话里也没有啊！但居然网上就有卖的了，甚至某宝都将它设为敏感词，不让搜了。岂止后悔药，诸如脑残片、绝情丹都有实体的东西了。这就是民间娱乐的思维方式，我们真的不能按常规出牌的思路去理解，否则一认真你就输了。

太上老君和老子

其实太上老君，从某种意义上说，也像是一个“职位”。他是汉代人造的一个至高神。如今一般都说“太上老君”是周朝的思想家、写《道德经》的老子。但据宋代张君房《云笈七签》记载，汉安二年（143）张道陵天师在山中修炼，忽然有五个神仙下降，第一个说：你好，我是汉师张良。第二个说：你好，我是王褒。第三个说：你好，我是太上高皇帝中黄真君。有意思的是后面两个：你好，我是周朝的柱下史——这个自然就是老子了；你好，我是“新出太上老君”。

也就是说，在东汉后期，老子和太上老君还是两个不同的人。太上老君和老子合二为一的过程不是很长，大约在南北朝时期，太上老君已成为老子的称呼了。太上老君和老子，大概因为都有个“老”字，就被拉到一起去了。

太上老君和玉皇大帝谁官大？

那么，太上老君见了玉皇大帝，一个是太上道祖，一个是实权领袖，两位该如何自处呢？

太上老君肯定不能站在文东武西任何一边的，也不可能向玉帝跪拜，于是 1986 版电视剧《西游记》中老君居中，鞠躬而不跪，其余天庭诸神全部跪拜。这也是无奈的安排了。不然的话，你是让太上老君和玉帝坐一起呢，还是让他骑在玉帝头上呢？孟子说：天下之达尊者，爵、齿（年龄）、德。这里就让一让爵位最高的吧。

那么道教是怎样处理的呢？宋末元初林灵真编的《灵宝领教济度金书》是这样安排的：“设三清，座前留数尺许，通人行。又设七御座。盖玉清为教门之尊，昊天为三界之尊，各居一列，各全其尊。”三清分别是太清太上老君，玉清元始天尊，上清灵宝天尊。也就是说，《灵宝领教济度金书》把“三清”安排到主席台后面去了，直接面向观众的是玉帝。同时，这本道书还把三界之尊（行政领导）、教门之尊（组织领导）作了区分，不得不说这是很有政治智慧的安排。道教这个区分三界之尊和教门之尊的传统，到现在还非常强烈地保持着。

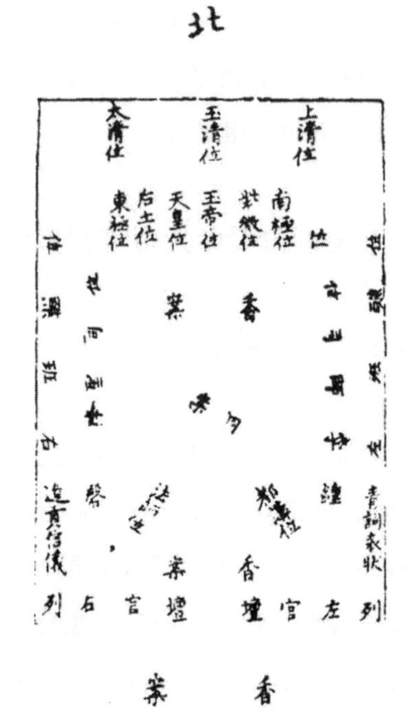

《灵宝领教济度金书》的三界醮坛图

道教就像一个大公司

很多朋友认为道教的神谱，就像今天的政府部门一样整齐有序。其实不是这样的。如果把天宫比作一个开了几百年甚至上千年的大公司，这个公司的董事会和经理，可能永远不变吗？大大小小的中层干部，可能永远处在同一个职位上吗？就算他职位一直不变，他可能永远受领导器重吗？这个公司就永远没有人退休，没有人跳槽，没有新员工加入吗？这个大公司的组织架构，会永远不变吗？

不会，人间的公司不会，天上的神仙组织也是一样的。

我国道教体系非常庞杂。当然，历代都有道教大师试图将这些神仙整理清楚，各自归位，但是架不住道教系统开放，不停地有新生力量加入进来，比如民间土生土长的一些教派、信仰，以及民间的各种俗神，只要闹出一定的动静，有了灵验的事迹，有了广泛的群众基础，一般就会进入道教的神谱，给他一个地位。这就是道教的智慧。

另外，还有一些国家祀典神祇，比如五岳四渎、山川风雨之神，这些往往也交给道教去经营。佛教的菩萨、罗汉，也一样被吸纳到道教中来。总之，道教是个筐，什么神基本都可以往里装。

其实任何宗教，只要进入了我们这片神奇的土地，都会发生很大的变化。比如佛教，二十四诸天里就有道教神紫微大帝，昆明筇竹寺里有一尊“耶稣罗汉”，这是把基督教信仰都给拉进来了！

我认为，我们读古书，如果思维方式和古人不在一个频道上，那无论古人说什么，我们都会觉得奇怪，甚至觉得不可理喻。今天对“宗教”的定义，基本上是从西方传过来的，特别强调宗教之间的分野，非此即彼。但是东方人的心态并非这样。据说有人去越南，看到当地人一烧香就是四炷，分别烧给玉帝、佛祖、上帝和圣女贞德。问他们：这玩意儿能灵吗？答曰：管他呢，总有一个灵的吧！

我们再从孙悟空回答日值功曹的一段话，好好品味一下《西游记》里的神仙。平顶山莲花洞那一回，日值功曹给孙悟空送信。孙悟空很自信地说：我有本事，把妖怪递解发配。那么怎样解配呢？他列了一串名单：

若是天魔，解与玉帝；若是土魔，解与土府。西方的归佛，东方的归圣。北方的解与真武，南方的解与火德。是蛟精解与海主，是鬼祟解与阎王，各有地头方向。我老孙到处里人熟，发一张批文，把他连夜解着飞跑。

佛，当然是佛教的教主；阎王，也源于佛教。玉帝、真武、圣（指东华帝君），都是比较纯正的道教神。土府，就是土地神，和阎王不一样，是从上古的“社”来的，是民间的信仰，比道教神还早得多。海主，有两种可能，若是海神，则属于国家祀典神祇，若是龙王，就是从佛经来的，而民间小河小沟的各种龙王，又是从佛教转行到民间的俗神了。

这一段，只出现了八个神，竟然就有这么多分类，像海主这样的神，根据来源又分三四种小类。可以看出孙悟空脑子里的诸神势力范围，其实就是老百姓心中的诸神势力范围，是何等地庞杂混乱了！

《西游记》的“籍贯”问题

这一讲，我继续讲几个天宫神仙，同时也分享一下我为这些神仙作注的“心路历程”。老实说，有些问题，当年我给《西游记》作注的时候（中华书局《西游记》是我校注的，2014 年出版），翻遍了《道藏》也没有任何结果。后来恍然大悟：不能从正规道教的角度来看这些天宫神仙，一定要从民间信仰的角度对待。于是，我就从戏曲、小说，甚至民间信仰里去找，果然找到了一些材料，这些材料，还通通带有非常强烈的地域色彩。虽然零碎，但也不妨聊一聊，希望能引来玉石。

哪吒为何是三坛海会大神

第一次征讨花果山，玉帝“封托塔天王李靖为降魔大元帅，哪吒三太子为三坛海会大神”。“降魔大元帅”是个通用的名词，但“三坛海会大神”又是怎么回事呢？

假如我们仍然抱着哪吒是道教或者佛教神的思路去《道藏》《大藏经》里找答案，打包票找不着。但是，如果我们到民间去找，尤其是东南沿海去找，就会有些发现了。

线索就在这个“坛”字上。

原来福建、台湾等东南沿海一带，民间祭祀场通常叫“道坛”。“三坛”既可按左中右论，也可按上中下论。而哪吒，正是这种道坛里的活跃人物。他一般被封为“中坛元帅”，又称“太子爷”“罗车太子”，统领五方神兵。

道坛的神桌分上下二桌，上桌也就是“上坛”供奉主神，下桌略矮，又称“中坛”，放置香炉等供品，并供奉护法神哪吒，神桌之下称“下坛”，多供“虎爷公”，又称“下坛将军”。下坛有时候就在地上，甚至是在一个墙洞里，所以“虎爷公”只好在最底层吃土。上坛供奉的神仙各有不同，但哪吒的中坛地位很是稳定。流行于东南沿海一带的道教闾山派，咒语中常有“左坛龙树医王、右坛真武上帝、上坛普庵祖师、中坛哪吒太子、下坛黑虎将军”等内容。《西游记》里玉帝加封的“三坛海会大神”恐怕是“中坛元帅”的“晋升”。“海会”，是一个通用词，指众多神灵聚会。这是个很有意思的事情，为什么这么说呢?

总之，福建、广东、台湾一带，哪吒信仰是十分兴盛的。所以，《西游记》里的东南沿海文化，让我们很难回避。

又要涉及作者问题了

《西游记》故事里，零零散散的有很多痕迹，这里不妨再回顾一下：

一、我介绍过齐天大圣的众多“亲戚”：平天大圣、弥天大圣、通天大圣……如果不是懂得大圣信仰的人，很难编出这些大圣。而大圣信仰在东南沿海的福建一带就比较集中。接触过一些资料后，我发现，福建简直就是盛产猴精的大本营！庙宇里、田野间，遍布着齐天大圣及其兄弟姐妹的神位、雕像。

二、《西游记》第一回讲花果山，有一句话：“木火方隅高积土，东海之处耸崇巅。”按古代五行配五方的观念，东方属木，南方属火。花果山的位置又指向了东南沿海一带。

三、《西游记》第三回说金箍棒是“定江海浅深的一个定子”，我推测，金箍棒的原型可能是海船的锚椗。这种东西，内陆肯定见不着。能编出这个造型的，一定是位熟悉海洋的人。而且近几年出土的巨型椗杆，正是在福建泉州一带！当地也流传着三宝太监“镇海针”的传说。

四、第四讲提到从“弼马温”这个职务，可以看出，作者似乎离京城比较远，他顶多见过他们县的养马场。

五、三坛海会大神，“坛”“三坛”，都带着浓浓的东南沿海气息。

六、福建泉州开元寺内有座北宋双塔，塔上第四层有一个带着“金箍”的猴形神将的像，被学界公认为猴行者的古老原型，也就是说明朝之前，这个地区就流传着猴行者的形象了。

七、现存明代《西游记》的版本，最早的世德堂本，最后是归了福建建阳熊云滨，是他把这个本子补足的，熊姓是福建大姓。全书前面有一篇陈元之的序，而福建又有“陈林半天下”之说。还有，李卓吾评本（不管真的是李贽还是托名）的作者李贽是地地道道的福建人，而且，是泉州人！又有杨闽斋本，也是福建刊本。日本庆应义塾图书馆有一部闽斋堂本，是杨闽斋的儿子杨居谦刻印的。我们看，明代传播《西游记》的主力部队，通通被福建人把持了。

八、《西游记》和《封神演义》，都提到了哪吒闹海。很难想象，一位山西人或贵州人写闹海的场面。那什么地方与海洋神灵“互动”最多呢？假如我们去厦门，看过祭祀妈祖的盛况，就能了然于心。

以上几条证据，除了第四条有些软弱之外，条条指向东南沿海，尤其是福建。

所以，恐怕可以这样猜测：百回本《西游记》故事的最终写定者——至少前七回的主要参与者，很可能是东南沿海或非常熟悉福建的底层文人！假如循着这个思路去找，一定能从福建找到更多的关于《西游记》证据。

变种的五方五老

最后谈一下“五方五老”，我限于学力，没能搞得太清楚，但仍觉得很有意思。

话说《西游记》第五回孙悟空在蟠桃园里遇到七衣仙女。孙悟空问蟠桃会都请的谁，仙女们回答道：

> 上会自有旧规。请的是西天佛老菩萨、圣僧罗汉，南方南极观音，东方崇恩圣帝，十洲三岛仙翁，北方北极玄灵，中央黄极黄角大仙，这个是五方五老。还有五斗星君，上八洞三清、四帝、太乙天仙等众，中八洞玉皇、九垒、海岳神仙；下八洞幽冥教主、注世地仙。各宫各殿大小尊神，俱一齐赴蟠桃嘉会。

这里面出现了一个名词，五方五老。但是，我读书少，不要骗我，“五方五老”是这么回事吗？我们还是来翻翻道经。

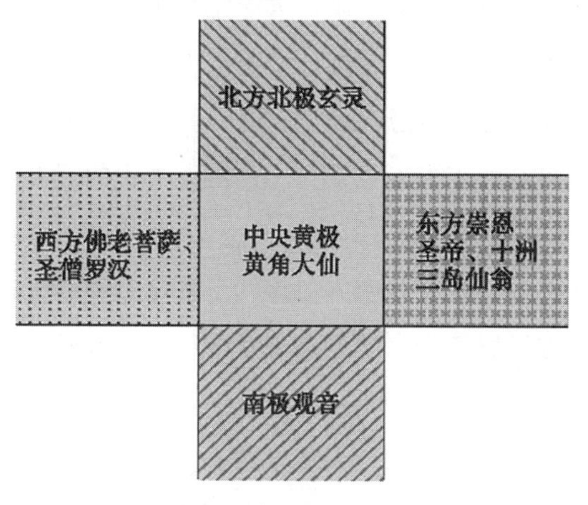

《西游记》的五方五老

据《灵宝领教济度金书》，五方五老分别是：

东方青灵始老九炁天君，号青帝，下应泰山；
南方丹灵真老三炁天君，号赤帝，下应衡山；
中央元灵元老一炁天君，号黄帝，下应嵩山；
西方皓灵皇老七炁天君，号白帝，下应华山；
北方五灵玄老五炁天君，号黑帝，下应恒山。

五方五老的信仰，早在汉代就有了，是从古代的五方帝的信仰演变来的。古人认为有金木水火土五行，五行有神；五行又配东西南北中五方，五方也有神；五方又配五岳，五岳也有神；五岳又配五帝，五帝又配数字“五”……这用的是打包合并的策略，凡是带“五”的“产品”，都被打包在一起了。这就像我们平时在网店买了一样东西，立即就会带出一串推荐产品。

但是呢，推荐产品太多了，大家也会烦。因为很多东西，谁也不知道是干什么用的。就好比一三五七九，配东西南北中，老百姓根本不懂是什么意思。他们自有一套心目中的神仙，于是他们开始编造自己的五方五老了！《西游记》中的五方五老就是这么来的。

佛祖在西方，观音在南方，这两个算南方和西方的“老”没有问题。东方崇恩圣帝，就是东华圣帝、东华帝君。北极玄灵是谁？清代《梨园集成》里有一出《闹天宫》，蟠桃会一节也列举了五个方位的神仙，是“西天如来佛，南海观世音，东王公、西王母、北极玄天上帝、五百阿罗汉、黄角大仙”。戏剧对小说一般具有传承性，其他四位都能对上号。那么这位北极玄灵，其实应该是玄天上帝，即真武大帝了。明代民间的真武大帝信仰不要太兴盛！

中间的黄极黄角大仙，我才疏学浅，费了老鼻子劲，也没有找到可靠的来历。只查到有些地方有“黄角庙”，但不知供的什么神。按五行和五方色，中央色为黄，而嵩山主神为中岳大帝，姓角，名普生——“黄角大仙”似乎就是指中岳大帝。有朋友说，这位黄角大仙，很可能就是福建一带崇信的“黄大仙”，只是因为名字里有个“黄”字，就被拉作了中央的“老”了。黄大仙在南方一些地区香火极为旺盛，如果他真是黄角大仙，那么这套“五方五老”，又带着东南沿海的气息了。

无论黄角大仙是谁，从“大仙”这个词语看，他具有浓厚的民间信仰色彩，是毋庸置疑的。所以，这里的五方五老，实际上与道教的“五方五老”或“五灵五老”，已经是完全不同的概念，早已充分民间化了！

福建一带的民间信仰，本来就是佛道通吃的，通吃程度，在全国足以数第一！这在宋朝就开始了。例如“左坛龙树医王、右坛真武上帝、上坛普庵祖师、中坛哪吒太子、下坛黑虎将军”又如“保安广泽尊王、湄洲天上圣母娘娘、左高菱右高角二大神将、陈林李三宫夫人妈、观世音佛祖大菩萨”，等等，在这种背景下，产生这样的“五方五老”，当然是再正常不过。

我一直在强调读《西游记》，一定要从民间的角度读。即便是面对里面的佛道二教，也一定要站在民间信仰的立场上看。

我们从小被灌输《西游记》非常高大上，是伟大的名著……而且教科书生怕我们不重视，还列举了一大堆意义。但其实《西游记》在古代，就是流行于民间的通俗文学。通俗文学，必然有一批通俗文学的作者，这些作者如何创作、心态是什么，我们一定要——起码要努力做到——理解之同情，而不是一厢情愿地想象他们是擅长坐在家里查资料编故事的现代写手，是今天意义上的纯文学作家。

大闹天宫（李云中　绘）

孙悟空大闹天宫真的是造反吗?

著名史学大家、陕西师大教授黄永年先生，晚年召集弟子围坐，问：古典小说里，你们都喜欢哪部？男生多说喜欢《三国演义》《水浒传》，女生多说喜欢《红楼梦》。老先生哈哈一笑，众学生齐问："先生喜欢哪部？"黄先生答曰："《西游记》。孙悟空此公最可爱。"

我和黄先生的想法是一样的，觉得《西游记》的高明之处，就是其他名著写了一大堆人，可这些人都不免带着某些虚伪；唯独这本书写了一个可爱的猴，此公反倒扑面带给我们一片至真，毫无造作。这片至真，从他出生以来，就一直感染着我们，到大闹天宫，已经淋漓尽致了！

第七回"八卦炉中逃大圣　五行山下定心猿"中孙悟空闹天宫时，作者配诗：

圆陀陀，光灼灼，亘古常存人怎学？入火不能焚，入水何曾溺？光明一颗摩尼珠，剑戟刀枪伤不着。也能善，也能恶，眼前善恶凭他作。善时成佛与成仙，恶处披毛并带角。无穷变化闹天宫，雷将神兵不可捉。

这是在说什么？说孙悟空吗？是说孙悟空舞起金箍棒来“圆陀陀，光灼灼”？是说他法力高强，“剑戟刀枪伤不着”？从浅层意思上来说当然是的。但是，这里句句都是从古代讲身心修炼的文字中化出来，作者是把孙悟空当作一颗袒露的、毫无遮掩的真心来写的。

“圆陀陀，光灼灼”见于张伯端《青华秘文》：“性之初见，如星大，圆陀陀，光烁烁。”吕洞宾：“圆陀陀、光灿灿，先天一点灵光，撞于母胞，如此而已。”

“入火不能焚，入水何曾溺”出自明代道教经典《性命圭旨》：“入水火而不溺不焚，步日月而无形无影。刀兵不能害，虎兕不能伤。”

“光明一颗摩尼珠”，“摩尼珠”是佛教梵语宝珠的音译，道家称为丹。全真七子的马钰：“老子金丹释氏珠，圆明无欠亦无余。死户生门宗此窍，此窍犹能纳太虚。”

“也能善，也能恶，眼前善恶凭他作。善时成佛与成仙，恶处披毛并带角”这一段就更明显了。《性命圭旨》：“此心灵灵不昧、了了常知……三教大圣教人修道，是修这个；成仙成佛，也是这个；带角披毛，也是这个。”

这一大段，句句说的都是人的本心。这颗心，光明灿烂，外物无法侵入，平时是包裹深藏的，一旦显露出来，将具有无与伦比的巨大力量！

又诗：

一点灵光彻太虚，那条拄杖亦如之。

或长或短随人用，横竖横排任卷舒。

这首诗描写的还是人的心。“灵光”“那条拄杖”，也是屡屡出现在全真七子诗词里的意象。马钰的诗“一点灵光晃太虚”，王重阳有诗“一条拄杖名无著，节节辉辉光灼灼。伟矣虚心直又端，里头都是灵丹药”。所以大闹天宫的这段，作者着重写了这颗真心的无穷威力。

那么，这里是在歌颂孙悟空吗？当然不是。是在指责孙悟空吗？当然也不是。

我们绝不能用世俗的善恶标准来理解。作者已经说了：“眼前善恶凭他作。善时成佛与成仙，恶处披毛并带角。”热烈至极而又冷静至极，慈悲怜悯至极。他写的，只是一颗不受羁绊、不受限制、完全袒露出来的心灵！清代黄周星在这里一反常态，旁批了一个少见的排比句：“此是心之图，心之赞，心之箴铭！”

孙悟空到底是不是一个反抗者

有些解读认为，大闹天宫是孙悟空对以玉帝为代表的天庭压迫的反抗。

这样的观点虽然有道理，但并不完整。

人类的反抗，无论是反抗抽税还是反抗拆迁，反抗征兵还是反抗城管，其根本原因，往往都是为了利益。然而孙悟空不同。他几次反天宫，第一次他把桌子推倒，不干了，是嫌官小。要注意，并不是嫌工资低，也不是嫌工作累，他干得很欢。所以回到花果山，他马上自立为齐天大圣。天庭给他修了齐天大圣府，他就不闹了。第二次闹，是因为蟠桃会没请他，他觉得不爽，就大搞一场恶作剧，实际上也没有造成什么恶劣的影响。偷蟠桃、偷御酒、偷仙丹，对他来讲，就是好吃、好玩。他对天宫的秩序，其实是认同的。第三次推倒丹炉，纵横天宫，也就是为了出气。这是哪门子的被压迫者的反抗？

孙悟空自从学艺回来，第一次剿灭混世魔王，救回小猴，纯属自卫。第二次去傲来国武库里偷兵器，目的也是："我等在此，恐作耍成真，或惊动人王，或有禽王、兽王认此犯头[①]，说我们操兵造反，兴师来相杀，汝等都是竹竿木刀，如何对敌？"以孙悟空的本事，如何夺不得傲来国的王位？可他并不想去夺。他考虑的，其实是如何安安全全地"作耍"下去。

被招上天宫，封为齐天大圣，他就心满意足了："只知日食三餐，夜眠一榻，无事牵萦，自由自在。闲时节会友游宫，交朋结义。"这是"作耍"到天上来了！蟠桃宴骗走赤脚大仙，自己跑到瑶池偷吃东西。难道赤脚大仙是傻子，被放了鸽子不会打听？这更是十足的"作耍"了。孙悟空从瑶池出来，乱走乱撞，跑到兜率宫，还想拜见老君，只是老君正在开会——他真不是蓄意来偷丹的。等跑到丹房发现金丹，这才起意"尝新"，把丹都偷吃了。所以他酒醒后也后悔：这场祸，比天还大，还是下界为王去吧。于是就跑掉了！

等到第二次征讨花果山，九曜星连续挑战，孙悟空既不安排抵抗，也不理睬，只是喝酒作乐。直到九曜星打破洞门，义正词严地谴责他："你这不知死活的弼马温！你犯了十恶之罪，先偷桃，后偷酒，搅乱了蟠桃大会，又窃了老君仙丹，又将御酒偷来此处

---

① 犯头：冒犯的由头，无意触怒对方而引起对方误会。

享乐。你罪加罪，岂不知之？”可孙悟空的回答是极其直截了当的：“这几桩事，实有！实有！但如今你怎么？”这句话，把九曜星那份正气凛然的劲儿消解得一干二净。甚至在和二郎神生死相搏之际，猴哥居然还有闲心跑到灌江口二郎神庙里，大玩了一回cosplay。所以孙悟空做事，无非是好玩和任性。我们从他的行事中，只看出各种偶然和随性，看不出任何深思熟虑的计划在！

我们今天喜欢讲“任性”“随性”，比如“世界那么大，我想去看看”，比如“一场说走就走的旅行”。其实这些和孙悟空闹天宫的心态没有任何区别。都是“任性”，谈不上善，也谈不上恶，只是把自己的本心释放出来而已，但是也比压抑、伪装甚至言不由衷好太多了！

可爱的“造反”宣言

孙悟空从丹炉里逃出来，大闹天宫，也只是乱打一气。直到如来问他“为何这等暴横”？他才忽然想干点正经事了，宣布要取代玉帝。于是说什么：

天地生成灵混仙，花果山中一老猿。
水帘洞里为家业，拜友寻师悟太玄。
炼就长生多少法，学来变化广无边。
因在凡间嫌地窄，立心端要住瑶天。
灵霄宝殿非他久，历代人王有分传。
强者为尊该让我，英雄只此敢争先。

但是猴哥啊，天下任何造反，总要有一个谋划准备的过程吧？从学艺回来，一直到天兵征剿，猴哥何尝有一丝一毫夺取天宫的想法和准备？等到如来问起，忽然就想起夺天宫，做玉帝了！这和偶尔撞到兜率宫里，临时起意偷丹有何区别？另外，人家的“造反”宣言要么就是“等贵贱均贫富”，要么就是“打土豪分田地”，就算是“王侯将相宁有种乎”，前面还有两句“失期当斩。藉第令毋斩，而戍死者固十六七”呢。这些造反，真真正正是血泪，是悲号，是苦难。或者是“诛晁错，清君侧”，打着光明正大的名义造反，背后是见不得人的政治野心。孙悟空有吗？

所以我觉得，这是天下最可爱的“造反”宣言了！古往今来的造反宣言，可以写得大义凛然、文采飞扬，但凡这种文章，第一段总要宣布敌人的罪状，比如骆宾王的《为徐敬业讨武曌檄》，劈头就是“伪临朝武氏者，性非和顺，地实寒微。昔充太宗下陈，曾以更衣入侍”。或者像陈琳《讨曹操檄》，第一段先宣布自己造反合理性。总之就是生拉硬扯，也得扯出点造反理由来！起码，你孙悟空被屈才做了弼马温，这段惨痛经历，总该大肆渲染一番，以昭示玉帝昏庸、自己不得已才造反的吧？可这段宣言一共才十二句，前六句都在大肆夸耀自己的出身，偏偏把最重要的造反理由故意给略过了！原因很简单，只是因为他觉得不光彩，没面子。所以黄周星慧眼独具，在这里批了一句：“说得燥脾[①]，却不提起弼马温一段。”真是眼毒啊！

最后两句“强者为尊该让我，英雄只此敢争先”，翻译成现代文就是：“我就是要，就是要！”所以说，猴哥，你觉得你这

---

① 燥脾：即“痛快”。

篇自吹自擂又毫无逻辑的造反宣言，能打动谁？

哪有那么多理由和意义

所以说，孙悟空一直活得很真实，活在自己的世界里，就像小朋友一样可爱。他想要什么，就毫无顾忌地去要或偷——他真的不觉得那样不好；想反对谁，真的抽出棍子就打。这根金箍棒，也正是他一颗真心的象征，所以才“或长或短随人用，横竖横排任卷舒”。然而他无事的时候，和身边的人也非常友好，所谓“见三清，称个‘老’字；逢四帝，道个‘陛下’，无论是普天星相，还是地下妖魔，他都以弟兄相待，彼此称呼”，毫不分生熟贵贱。事实上他虽然反了天宫，后来西天路上他遇到麻烦，去请天上的神仙，都是随叫随到，谁也不曾和他为难。

孙悟空是很真实地、童真地活着，天界诸神反倒喜欢把自己包裹在一层言不由衷的外壳里了。对他回护的，对他有敌意的，都不停地往他身上加各种理由！只要加了一种理由、一种意义，就招抚有道，或者师出有名了。

不信我们可以看看每一次打斗前的对话。比如巨灵神骂他“欺心的猢狲”，九曜星谴责他“犯了十恶之罪”，王灵官说“你莫猖狂”，就是木叉也说“见你这般猖獗，特来擒你”。大家不觉得这里其实有问题吗？这些人其实就是奉旨行事，但必须给孙悟空加一个十恶、欺心、猖狂、猖獗之类的罪名，似乎就可以心安理得地围而诛之了。太白金星也有理由——“念生化之慈恩”“那猴出言不知大小”，于是可以顺理成章地招而抚之了。

我们今天也是这样，要做一件什么事，必先给自己找个理由，而且是很宏大的理由，然而这正是本心被掩盖的第一步——不愿直接面对本心。

孙悟空是不给自己找理由的。如果有，也只是“作要”。他取经路上，也是这样的。而有些课会教我们：“孙悟空是正义的化身，西天路上降妖伏魔，体现了正义战胜邪恶。”甚至动画片也教小朋友唱：“师徒四个斩妖斗魔同心合力，邪恶打不过正义。”我小时候，顶多唱到“一走就是几万里”，最后这两句，我是不爱唱的，因为又把我喜欢的西游故事搞成教科书了，太不好玩了！按照教科书的思路，高太公请孙悟空降妖，他恐怕应该回答：“为了正义，为了高老庄的安全和谐、繁荣稳定，老孙一定要向邪恶势力宣战，和猪精斗争到底！”当然，这个猪精可以换成各种各样的妖怪。孙悟空自己是如何回答高太公的呢？他说：“因是借宿，顺便拿几个妖怪儿要要的。动问府上有多少妖怪？”捉妖精是玩儿！这是哪门子正义打邪恶？

某些人，有一种特别厉害的能力，就是能把一切有趣搞成无趣，能把一切温情搞成煽情，能把一切人性搞成神性，能把一切真诚搞成忠诚。这种法力，比《西游记》任何一种法力都厉害。无论讲什么，都不忘附上一大堆意义，这个是鞭挞丑恶的，那个是体现大无畏精神的……久而久之，很多朋友思考问题，也就喜欢往这些意义上靠拢。于是，他们成熟了，标志就是学会了无趣，学会了煽情，学会了用神和鬼区分旁人——就是不会把旁人当人看。当然，也学会了口头上言不由衷的忠诚。

有一个年轻学生追着我问：“老师，《西游记》的中心思想是什么？”我说：“没有。概括不出来。”他很受伤地问：“真的没有吗？我们小学语文不就概括中心思想吗？这么大一部书怎么就没有？怎么就没有？”我说：“它怎么就必须有？！《西游记》是为你语文老师写的？”

好吧，孩子不怨你，你年纪轻轻，已经被这些重大意义洗脑得太久了。学课文，要有意义；学历史，重大历史事件，都得背一个意义。十年寒窗，已经把你整形成一个长得有意义的人！

如今还有家长给孩子报书法班、钢琴班，各种所谓兴趣班的，有多少真正出于兴趣，出于原始的喜爱？有多少是为了人前的显耀、升学的砝码、家长的谈资，或者仅仅出于不被边缘化的顾虑？孩子的本心呢、兴趣呢、与生俱来的好奇心呢？这些最真实的、最原始的理由，还不足以构成把你孩子塑造成一个可爱的人的动力吗？

我第一次读《西游记》原著，是在七八岁的时候，到现在已经读了二十多年。每次重读，读到这“圆陀陀、光灼灼，亘古常存人怎学？入火不能焚，入水何曾溺？光明一颗摩尼珠，剑戟刀枪伤不着”，无不泫然泪下！以谦卑隐忍、温柔克己著称的国人，能写出各种文采飞扬的文字，或歌颂或鞭挞，应酬各种场合，而这种直面真心的文字太少太少了，更何况它把真心赋予了如此光明的形象，这就是《西游记》的高明之处。生活在现代化的今天，我们觉得比古人进步了是不是？其实连孙悟空的尾巴还摸不到！

哪吒和二郎神是知音

最后我想谈谈哪吒和二郎神两位，他们其实是孙悟空的对手和知音。

别人打孙悟空，都要加一些理由，诸如欺君罔上、十恶不赦之类，唯独哪吒与二郎神没有加宏大的理由。

他们与孙悟空见面，只有直奔主题的一句："我是哪吒，奉旨捉你！""我是二郎神，奉旨擒你！"奉旨就是奉旨，需要什么理由？这是何等地直截了当！

哪吒还有两句可爱的话。当他听说孙悟空要当齐天大圣时，就说："这妖猴能有多大神通，就敢称此名号？不要怕，吃吾一剑！"诸位，这两句话的逻辑也很有意思。就是说，在哪吒心目中，"齐天大圣"并不是不可以称的，反过来说，其实是"只要你神通够，那就可以称"。动手前居然先叫对方"不要怕"，这也是千古奇文。"乖乖不要怕，我可打你了哦"。于是，我们又看到一颗未经污染的可爱心灵了。在其他成年天神的心目中，你孙悟空神通再大，焉能自称"齐天大圣"？这要是换作巨灵神或九曜星，一定会说："这妖猴这等不知人事，辄敢无状，焉敢欺君罔上，自称甚么齐天大圣！"这也可以看出，为何《西游记》里的哪吒、二郎神，从来就拥有不输于猴哥的绚丽光彩了！

“俺那里把你哄”

如来佛降伏孙悟空的剧情大家都清楚，如来和孙悟空打赌，说：你能跳出我手心，就让玉帝把天宫让你。孙悟空上了当。如来佛用手化作五行山，将他压在山下。然而仍然压不住，贴了一道六字真言，才彻底封印住。

这次我要讲的，就是这六字真言。

六字真言，也叫六字大明咒，又称六字陀罗尼咒、六字真言等。据称，六字大明咒是观世音菩萨心咒，本是梵文，此咒含有诸佛无尽的加持与慈悲，是诸佛慈悲和智慧的音声显现。六字真言的正确读音是：唵（ong）嘛（ma）呢（ni）叭（be）咪（mei）吽（hong）。但是汉字中未必有正好和它读音相符的字，汉字古今读法也不一样，比如第一个字 ong，就找不到对应的字，只好用“唵”或者“嗡”来代替。

这样一来，就给《西游记》留下一个搞怪的机会。我们来看，不同版本《西游记》电视剧里的六字真言，是什么样子。

1986 版电视剧《西游记》的六字真言是“唵嘛呢叭咪吽”。没错，和佛经里的一样。

张纪中版电视剧《西游记》的六字真言：嗡嘛呢叭咪哞。果然，不如 1986 版电视剧《西游记》走心啊！“唵”写成“嗡”，倒没什么问题，但把“吽”字写成了“哞哞叫”的“哞”！道具组扣钱！

不过六个字而已，就有这样的问题。那明代《西游记》里六字真言是什么样的呢？

在这里，我不得不再次提一下《西游记》的版本。诸位从网上买到的《西游记》，无论是中华书局的，还是人民文学出版社的，都是现在人印制的。这个文本，总得有个来源吧？对，这就是底本的概念。

百回本《西游记》，从明代出版到现在，已经过了四百多年，其间不知有多少版本，翻印了多少次。印一次，必然产生一些错误，到现在，里面的错误就不可胜数了。

现存公认的最早版本，就是我经常提到的世德堂本，又简称“世本”，当时肯定印了不少，但存世的只有四本。别的呢？烧的烧了，毁的毁了，丢的丢了，邻居老爷爷撕了包花生米了。

不仅“世德堂本”是这样，整个明代留下来的《西游记》，也不超过十种。实际上共七种：世德堂本、李评本、朱本、杨本、唐僧本、杨闽斋本、闽斋堂本。但是其中有些版本又有不同的版次，如世本有台湾世本和浅野世本；李评本有丙本、甲本和乙本。这一批明代的《西游记》内容是最原始的样子，所以最珍贵。

而我校注《西游记》所依据的底本，即世德堂本，这里写成什么？不是“唵嘛呢叭咪吽”，而是“唵嘛呢叭呢吽”。

是不是这里印错了呢？我们再翻一处。第八回，观音菩萨带着木叉寻找取经人，路过花果山时“师徒俱上山来，观看帖子，乃是‘唵嘛呢叭呢吽’六字真言”。

是不是这里也印错了呢？那我们再翻一处，第十四回，唐僧救孙悟空时，看到的六字真言是："唵嘛呢叭呢吽"。

难道"世德堂本"里的"唵嘛呢叭呢吽"，全都印错了？

再看一下明代杨闽斋刻本第七回，仍然是"唵嘛呢叭呢吽"。

不用怀疑了，我翻遍了自己能见到的明代版本——李卓吾评本、闽斋堂本，以及《唐三藏西游记》《唐三藏西游释厄传》，都是"唵嘛呢叭呢吽"。难道明朝人都印错了不成？

第一次将这句话"改对"的，是清朝的黄周星。他在《西游证道书》写成了"唵嘛呢叭咪吽"。这一点他应该很得意：你看，这么多前辈都错了，我是第一个将它改对的人。

但是事实果然如此吗？

明代黄景昉的《国史唯疑》：永乐初年，有大宝法王来北京，教人念"唵嘛呢叭咪吽"。侍读李继鼎笑道："这不就是'俺那里把你哄'嘛！"这是国内念六字真言的开端，至少黄景昉是这样认为的。

这里透露了两个信息：第一，明代社会上，读音还是正确的，并不是像《西游记》那样，把六字真言读作"唵嘛呢叭呢吽"的；第二，国内人士对六字真言持怀疑、嘲笑的态度。

这个解释因为很好玩，就被好多人转述。比如《青溪暇笔》也记录了这段故事。也被钱锺书先生记在了《管锥编·史记会注考证·封禅书》里，他说："明人尝嘲释氏之六字真言'唵嘛呢叭吽'，谓'乃"俺把你哄"也，人不之悟耳'（《纪录汇编》卷一二八姚福《青溪暇笔》，佟世思《与梅堂遗集》附《耳书》作'盖"俺那里把你哄"也'）。"

也就是说，在明代，"俺那里把你哄"已经成了一个很普遍的笑谈了！

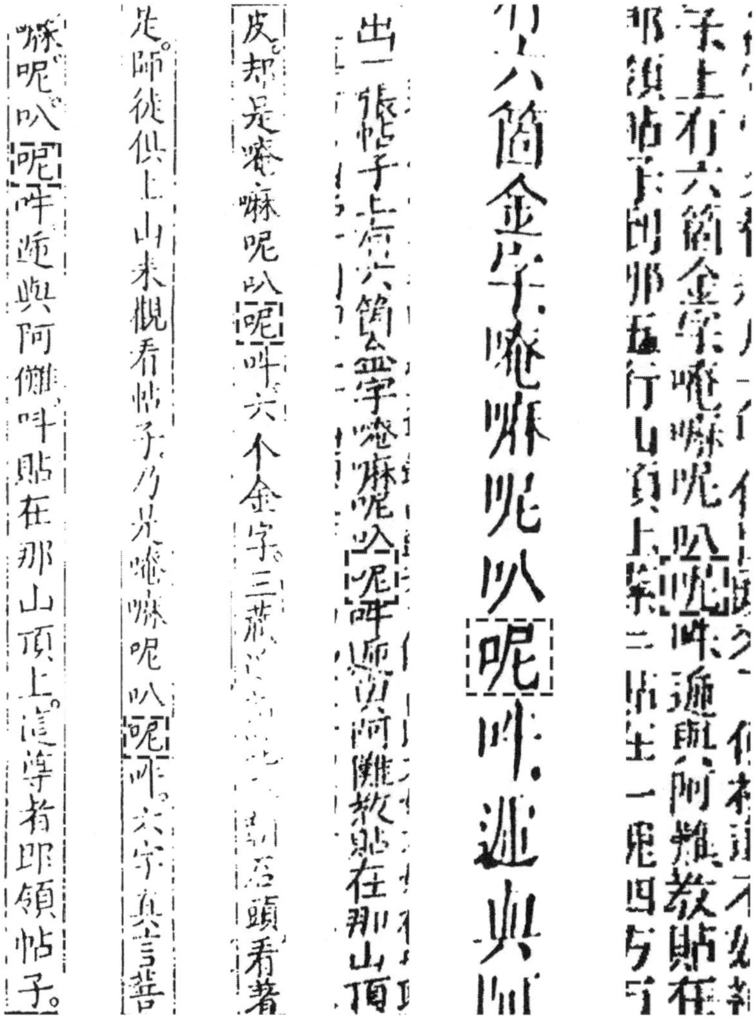

① ② ③ ④ ⑤ ⑥

①世德堂本《西游记》第七回中的“六字真言”
②世德堂本《西游记》第八回中的“六字真言”
③世德堂本《西游记》第十四回中的“六字真言”
④杨闽斋本《西游记》第七回中的“六字真言”
⑤李评本《西游记》中的“六字真言”
⑥日本藏闽斋堂本《西游记》第七回中的“六字真言”（曹炳建供图）

我们再反观明代《西游记》里的“六字真言”，把第五个字“咪”或“嗘”“𠽔”，改作了毫无根据的“呢”。恕我才疏学浅，我没有在《西游记》之外查到这样的写法，这就是作者的一种故意。

因为在正确的“唵嘛呢叭咪吽”读音里。“咪”读作 me 或 mei。如果把六字真言读作“俺那里把你哄”的话，唯独“咪”和“你（ni）”字发音最不像。其余的几个，如“唵”“嘛”，和上“呢”字，虽然也不太像，但毕竟沾点边。有的声母相同，有的韵母相同。如果一定要使六字真言听起来更像“俺那里把你哄”，第一个要改的恐怕就是“咪”。

《西游记》是一部通俗小说，它以及它的前身，是要经常给普通百姓宣讲的，这从文中保留的很多韵文、唱词就可以知道。也就是说，人们接触这部书，更多情况下是收听而不是阅读。在这种情况下，字音的作用，往往就比字形更重要。民间艺人抄写的唱词、快书，里面的错字多得不可胜数，好比杨戬写成杨剪、鲁智深写成鲁智身，但读音一定是正确的，因为只要读对、唱对就可以了。所以，把六字真言故意写错一个字，听起来就更像“俺那里把你哄”了！

《西游记》里还有些旁证，比如观音菩萨寻找取经人，路过五行山，看望孙悟空时说：“我奉佛旨，上东土寻取经人去，从此经过，特留残步看你。”孙悟空说：“如来哄了我，把我压在此山，五百余年了，不能展挣，万望菩萨方便一二，救我老孙一救！”这里“如来哄了我”，更是对“俺那里把你哄”的一个注脚了！

我们一定要理解明代人！他们真不是我们想象中的只会念四书五经的呆子。那帮人——简直了，脑洞开得不比我们小。他们什么都敢嘲笑，什么都敢解构，而且，各种外来的好玩的东西，他们也轻松愉快地吸收。这比死气沉沉的清朝要绚烂夺目多了。

最后，我还是想谈一谈1986版电视剧《西游记》。这部电视剧真的高度走心！大家记得，孙悟空被压在五行山下，眼看五行山要崩塌，突然阿傩腾云而来，把六字真言贴上。于是孙悟空再也不能挣扎，孙悟空喊出的那句撕心裂肺的话是什么？

玉帝——如来——俺老孙被你们骗了！被你们骗了——

这里安排一句什么台词不行，为什么在六字真言贴好之后，非要让孙悟空接这么一句，这不就是“俺那里把你哄”的注脚吗？（顺便说一句，我并不是1986版电视剧《西游记》的死忠粉，这个剧还是有很多问题的，比如过一会儿，有个小孩来找孙悟空玩，临走的时候哼了半句歌，居然是“团结就是力量”！）后来还有一句：“那如来变着法骗了我，把俺老孙压在山下五百年了，菩萨大慈大悲，放我出来吧。”这就更坐实了编剧的意图和对原著的理解了！

特别鸣谢

特别感谢河南大学曹炳建先生，感谢他惠赐图片，有些图是他从日本学者矶部彰的影印件转拍而来，非常珍贵。

找古书和找今天的书，是两个完全不同的概念。今天的书，通过网络、图书馆、书店等渠道基本上总能找到。但古书，如果今天的人没有做过影印，那就只能去图书馆或私人藏书家那里看了。去图书馆看古书，和去图书馆借一本现代书，情况是完全不一样的，需要经过繁杂的手续，碰上藏书机构对这书特别珍视，还不一定给你看——拍照更不可能了。因为这书可能在全国甚至全世界就一部两部。比如我在北京，想查的古书在上海甚至日本、法国，除了自己买机票去看，或者托人去抄录，没有半点办法！所以本篇虽然只是讨论一个字，结论或许仍有待商榷，但这背后积累了无数整理古籍的文献学家们不为人知的贡献，对他们实在应该致以崇高的敬意！

如来佛去哪儿了？

如来佛祖（李云中　绘）

《西游记》第八回“我佛造经传极乐　观音奉旨上长安”：如来佛祖降伏了孙悟空，在玉帝处吃过了答谢晚宴，回到西天后聚集众菩萨，商议寻找取经人。

应该说，这一回承上启下。之前的七回，是孙悟空从出世到大闹天宫；从这一回，开始了新故事——孙悟空告一段落，唐僧的取经故事导源于此。那么，这一回有什么特殊之处呢？

这一回开头，如来回至雷音宝刹，但见：

> 那三千诸佛、五百阿罗、八大金刚、无边菩萨，一个个都执着幢幡宝盖、异宝仙花，摆列在灵山仙境，娑罗双林之下接迎。
>
> 如来驾住祥云，对众道：我以甚深般若，遍观三界。根本性原，毕竟寂灭。同虚空相，一无所有。殄伏乖猴，是事莫识。名生死始，法相如是。
>
> 说罢，放舍利之光，满空有白虹四十二道，南北通连。大众见了，皈身礼拜。

这一段，如果大家随便看过去了，自然没发现疑点。但如果深究一下，这些话，非常非常地奇怪，而且令人吃惊！为什么这么说呢？

这段话原出自《大般涅槃经》后分卷上《憍陈如品》之末，后来被《历代编年释氏通鉴》《佛祖历代通载》等本土化的佛教典籍改造了。原文是这样的：

> （世尊）普告大众。我以甚深般若。遍观三界一切六道。诸山大海。大地含生。如是三界。根本性离。毕竟寂灭。同虚空相。无名无识。永断诸有。本来平等。无

高下想。无见无闻。无觉无知。不可系缚。不可解脱。无众生。无寿命。不生不起。不尽不灭。非世间。非非世间。涅槃生死。皆不可得。二际平等。等诸法故。闲居静住。无所施为。究竟安置。必不可得。从无住法。法性施为。断一切相。一无所有。法相如是。其知是者。名出世人。是事不知。名生死始。汝等大众。应断无明。灭生死始。

凡是和《西游记》相似的，我都画出来了。“娑罗双林”是释迦牟尼寂灭的地方。所以《西游记》里“甚深般若”以下的话，其实是佛祖的圆寂遗言！

按照常理，如来回到灵山，首先得讲一讲这次出差的经历，或者是如何大战孙悟空使他乖乖就范的吧。可是，为何这些都没讲或者放到后面才讲，而要先说一段遗言？

如果说这一个证据不足为信，那么《西游记》里还有句“放舍利之光”——舍利，自然是释迦牟尼圆寂后遗体火化所得之物。还有“白虹四十二道，南北通连”——不熟悉佛典的读者可能不知道，这是释迦牟尼圆寂的异象，见于唐释道宣《广弘明集》卷十一，原文是：“穆王五十三年壬申岁二月十五日，平旦暴风忽起，发损人舍，伤折树木，山川大地皆悉震动。午后，天阴云黑，西方有白虹十二道，南北通过，连夜不灭。”于是穆王问一个大臣：“这是什么意思？”大臣说：“西方有大圣人灭度，衰相现耳。”穆王很高兴地说：“朕很怕这个人，现在已经灭度，朕何忧也！”

如来表演了这一段之后，“少顷间，聚庆云彩雾，登上品莲台，端然坐下”。我们要注意，佛教认为，诸佛菩萨及往生净土者均坐莲花之台。净土宗认为，往生净土者临终时，阿弥陀佛等极乐世界之众持莲台来接引，依生前行愿，分上中下三品，每品又分三级，故共九品。上品往生者乘金刚台、紫金台、金莲华，故称上品莲台。这里似乎又是一处和涅槃有关的暗示。随后，大家才纷纷跑来问："佛祖，那猴子怎么样啦？"这时如来才开口，把这件事的经历讲了一遍。

《西游记》为什么要这样写？我打算从两个角度来讲这个问题。

曾经的开始

第一个，就是从我的本门武功——文献学的角度来看。早期西游故事还是比较遵守史实的，不大喜欢颠倒时空。据《大唐三藏取经诗话》载：

> 猴行者曰："此中佛法，亦是自然。我师至诚，炉爇多香，地铺坐具，面向西竺鸡足山祷祝，求请法教。"师一依所言，虔心求请。福仙僧众尽来观看。法师七人，焚香望鸡足山祷告，齐声动哭。此日感得唐朝皇帝，一国士民，咸思三藏，人人发哀。天地陡黑，人面不分；一时之间，雷声喊喊，万道毫光，只见耳伴钹声而响。良久，渐渐开光，只见坐具上堆一藏经卷。一寺僧徒，尽皆合掌道："此和尚果有德行！"

原来这些经卷，不是取来的，而是哭出来的！佛祖也没有出现。他已经是一个超人间的存在了。

到了被视为西游故事早期形态的《西游记杂剧》，一开场，观音菩萨就上来说，释迦牟尼已经圆寂，现在要找个人前往西天取经：

〔观世音上，云〕“……自佛入涅槃后，我等皆成正果。涅槃者，乃无生无死之地。见今西天竺有《大藏金经》五千四十八卷，欲传东土……”

也就是说，这部杂剧劈头就说了，佛祖已涅槃。此后，佛祖也没有出现在具体情节中。但是到最后，师徒四人还见到了一位佛，但这位佛是什么来历，我佛学知识不够，抑或是民间信仰知识不够，不知就里，姑且放在这里供大家研究。

在这部杂剧里，接待师徒四人的，是给孤独长者，就是黄金铺地的那位。

〔给孤云〕佛无定主，随念即见。若到方丈，我佛必赐茶。但得饮此，必成正果。

你若能尝佛子茶，胜参赵老禅。休猜做金樽美酒斗十千，但得那世尊肯见，恰敢着你即时回转，不须妙法再三言。我佛来也。

金身丈六长，清光七尺圆，芒鞋竹杖打着行缠，逍遥一身得自然。快疾忙把如来参见，向前合掌并擎拳。

〔寒山拾得扮出山佛像上，云〕玄奘，你来也。

也就是说，按故事逻辑，佛祖已经入了涅槃，不是随便想见就见的，必须心诚。至少不像今天的《西游记》那样，佛祖在灵山等着你，只要跑过去就可以见到，甚至孙悟空还多次到灵山去请求佛祖帮助。而且，杂剧里的这位佛，是寒山拾得扮的，“金身丈六长，清光七尺圆，芒鞋竹杖打着行缠”，和我们平时所见的佛像完全不同。

我一直强调，《西游记》是将齐天大圣故事和取经故事拧在一起的，原本是分别独立的两套故事。而《西游记杂剧》是从佛涅槃讲起的，那么我们可以推想，以杂剧为代表的一系列取经故事，很可能都是从涅槃讲起的。也就是说，第八回写如来的种种圆寂之象，应该也是早期西游故事的痕迹，是杂剧开场时叙述“佛入涅槃”的扩充演绎。

知道了这一点，我们再看诸菩萨祝寿的福禄寿诗，就很有意思了：

福诗曰：

福星光耀世尊前，福纳弥深远更绵。福德无疆同地久，福缘有庆与天连。福田广种年年盛，福海洪深岁岁坚。福满乾坤多福荫，福增无量永周全。

禄诗曰：

禄重如山彩凤鸣，禄随时太祝长庚。禄添万斛身康健，禄享千钟世太平。禄俸齐天还永固，禄名似海更澄清。禄恩远继多瞻仰，禄爵无边万国荣。

寿诗曰：

寿星献彩对如来，寿域光华自此开。寿果满盘生瑞霭，寿花新采插莲台。寿诗清雅多奇妙，寿曲调音按美才。寿命延长同日月，寿如山海更悠哉。

不得不说，这三首诗，写得真不怎样！而且文不对题！

我们再看今本《西游记》开头那首诗：

混沌未分天地乱，茫茫渺渺无人见。自从盘古破鸿蒙，开辟从兹清浊辨。覆载群生仰至仁，发明万物皆成善。欲知造化会元功，须看《西游释厄传》。

当然，也不工稳，但这位作者至少知道一些典故，知道朱熹释《周易·系辞》:“天地之大德曰生”为“仁者天地生物之心”，《周易·文言》:“元者善之长”为“便是万物资始之端”，这些化用，在这首诗里是看得出来的。

这里何必让福禄寿用三首诗献如来呢？这三首诗和如来有关系吗？以如来的地位，还需要福禄寿来祝愿吗？“福寿”倒也算了，如来要“禄”做什么！所以，这三首诗除了点缀气氛之外，与剧情没有什么关系，似乎是一种“定场诗”，就是说用于祝福、活跃气氛的。晚清民国时期，现代相声祖师爷“穷不怕”等人在街头“画锅撂地”，就是一面唱太平歌词，一面用白沙在地上撒字，以便招揽听众。唱完了，听众也来得差不多了，才开始正式表演。太平词里就不乏祝福祝寿祝禄的吉祥话，例如《发四喜》：

福字添来喜冲冲，福缘善庆降玉瓶。福如东海长流水，恨福来迟身穿大红。

鹿星笑道连中三元，鹿衔灵芝口内含。鹿过高山松林下，六国封相作高为官。

寿星秉寿万寿无疆，寿桃寿酒摆在中央。寿比南山高万丈，彭祖爷寿活八百永安为康。

比较一下这三首《福禄寿》诗，简直是一个模子刻出来的！换句话说，《西游记》这一回里的这三首诗，甚至这一回本身，很可能原本就处于全书的开场部位。

所以我们有理由猜测：百回本《西游记》的前身，是从如来派观音寻找取经人开始的，前七回讲述石猴出身和大圣大闹天宫的故事，是另一个完整的故事，整理者将其添在了取经故事前面，他要照顾以前留下的如来涅槃的情节，不能让后来还有戏份的如来真的"涅槃"掉，于是加以弥缝，让他"少顷间，聚庆云彩雾，端然坐下"，这才在逻辑上让如来重生。于是就弄成了现在的奇怪文本了。

另外，如来想派人去东土大唐寻找取经人。观音姐姐主动报名，要去东土寻找取经人。她出场时，作者用了一段韵文：

理圆四德，智满金身。璎珞垂珠翠，香环结宝明，乌云巧叠盘龙髻，绣带轻飘彩凤翎。碧玉纽，素罗袍，祥光笼罩；锦绒裙，金落索，瑞气遮迎。眉如小月，眼似双星。玉面天生喜，朱唇一点红。净瓶甘露年年盛，斜插垂杨岁岁青。解八难，度群生。大慈悯，故镇太山，居南海，救苦寻声。万称万应，千圣千灵。兰心欣紫竹，蕙性爱香藤。他是落伽山上慈悲主，潮音洞里苦（一作活）观音。

按说观音菩萨早已在前七回出现很多次了，又是派木叉，又是荐二郎，还把净瓶扔下去企图打孙悟空，观众对她已经很熟悉了，何以这里忽然又来一段韵文简介？这一般是人物出场时用的。这似乎也说明：某一段时间，《西游记》是从第八回开始的，而前七回是后加上去的。

如来降伏孙悟空是一个局吗？

我除了用本门武功考证分析之外，更乐意从另外一个角度看待这件事。因为所用非本门武功，所以诸位大可不必纠结其是否靠谱，只当茶余饭后的谈资听听。

《西游记》第七回，佛祖是这样降伏孙悟空的：

> 好大圣，急纵身又要跳出，被佛祖翻掌一扑，把这猴王推出西天门外，将五指化作金、木、水、火、土五座联山，唤名“五行山”，轻轻地把他压住。

那么，佛祖以手化山之后，这手是留在那里了呢，还是又长出了新的呢？我想不仅是我，估计很多读者都有这个疑问。

其实，这个问题早在清朝就有人问过了。黄周星在《西游证道书》总批里说：

> 一迂儒问道人（黄周星的自称）云：“如来虽能五行山下定心猿，然此山却是五指所化，既然将心猿压住，不知此指如何收回？”道人笑曰：“如来慈悲度世，渠既

舍弃一手，降魔救驾，想事定之后，惟有断臂而去耳，不然更有何法？”

难道说如来真的舍弃了一臂，或者他已经拼尽了法力，所以后来才会涅槃？

我们再来看看如来面对孙悟空“造反”行为的态度。

当听到天宫人士报告的消息，他说：汝等在此稳坐法堂，休得乱了禅位，待我炼魔救驾去来。

黄周星批此处：“不曰降妖，而曰炼魔，便妙。”魔和妖是有区别的。魔可以指心魔，人心跑偏了，邪恶了，可以叫魔，但不能叫妖。炼魔炼的还是自己人，降妖则是敌我斗争。你看，这就是天宫诸神不能望佛祖的境界了。天宫诸神一口一个“妖猴”，恨不得斩之除之而后快。而佛祖只轻轻一句“炼魔救驾去来”，没有一丝嗔怒之心！

他劝告孙悟空时也是这样，并不带着一副“对待敌人要像严冬一样冷酷无情”的模样，而是说：“趁早皈依，切莫妄说。但恐遭了毒手，性命顷刻而休，可惜了你的本来面目！”“若不能打出手掌，你还下界为妖，再修几劫，却来争吵。”黄周星又批：“一篇议论，无限慈悲，无限棒喝。非佛祖不能为此言。”“说得温和之极，不动一毫声色。”

所以，如来对孙悟空的态度，其实是慈悲怜悯的，否则用大法力将他打个灰飞烟灭又有何难？

然而他亲舍手掌，化作五行山，最终涅槃了！

因为孙悟空这样的“魔”，不是说灭就灭的。在百回本《西游记》里，孙悟空被某位天才作者隐喻为人心或真心，而且处处都有点破，这是毫无疑问的。上一讲谈到大闹天宫，我承认童心是纯洁可爱的，但从来不觉得童心就是尽善尽美的。比如干坏事，比起成年人的遮遮掩掩，小孩子无所顾忌确实是一片真心，但“真心不等于清净心”。又比如，小朋友要吃什么东西，就大吵大闹，这其实也是真心。这些心态，和孙悟空闹天宫的心态大体是一样的。

明代的作者，对于这个问题，就借如来之口说“也能善、也能恶”。他对真心自然是欣赏的，但也是警惕的。他当然知道，如果不加以控制、引导，真心就会朝着邪魔外道一路发展下去了！

心若在，魔就在。所以面对这样“心”的化身——同时也是尘世千千万万人心的化身，如来该如何度化呢？能做的，只有牺牲自己！或者说，与这些人心同血肉，共命运。这不是舍己救世的大慈悲是什么？所谓“我不入地狱，谁入地狱”！如来舍手化山而后涅槃的举动，转换成语言文字就是：“孩子！不管你是好还是坏，我将永远与你同在！”

父母又何尝不是这样。当父母动手打孩子的时候，他们的心其实比孩子挨的打还要痛。看似他在打孩子，其实也在打他自己！包括那个“俺那里把你哄”的办法不也是这样吗——就像爸爸妈妈哄小孩子一样。试问，换作我们来编这个故事，比如，现在给你把如来请来了，面对这样一个调皮捣蛋、活泼可爱且破坏力惊人的猴子，如何编一个情节，能让他心服口服，收心务正？以我的浅薄学识暂且还想不出来。可以想见，《西游记》的文笔是多么具有穿越时空的伟力了！

这些话并不是什么心灵鸡汤。前几天在知乎上看到一篇文章，讲如何对付不听话的孩子，可以作为如来佛降伏孙悟空故事的参照。篇名为《我们应该严厉教育孩子吗》，作者是叶修，原文很长，此处节略：

> 有一个小朋友在捣乱，讲道理也不听。于是我（指此文作者）说："你不能无缘无故打别人，要罚站三分钟。"
>
> 他完全无视我的存在。这可能是因为，他此前遇到的，家长老师要么是生气、愤怒的控制管教，要么是焦虑、无奈的放纵。于是，我最后通知他："现在，我将开始执行对你的惩罚。"于是，我抓住他，用适度的力气把他抱到墙边上。我知道这是一场非常漫长的战争。
>
> 他开始大叫："放——开——我！"
>
> 面对这种情况，大多数成年人都会抑制不住情绪的激动。但是如果把这种情绪传递给孩子，对他是最有害的。我平静地重复着："你违反规则了，必须保持三分钟不能动。"
>
> 他开始生气，开始反抗，开始骂我"臭狗熊""臭老鼠""大坏蛋""臭屁蛋"。但无论他如何踢打、咆哮，我都任他踢打，任他辱骂，任他咬我，他打了我一百多下，咬了我七八个牙印，但我所做的只是两件：一是保持平静，绝不情绪波动；二是牢牢地抓住他的手，不断重复："违反规则就要罚站三分钟"。这样僵持了四十五分钟，他终于累了，说："我站完了三分钟以后呢？"
>
> 我说："站完了就可以去玩呀。"
>
> 他真的站起来，走到墙角去站好，很快，三分钟过去了。于是，他获得了自由，高兴地出去玩了。

我们看这段故事，岂不和如来降伏孙悟空很像吗？这位老师并没有对孩子一顿暴打，或者一顿臭骂——因为反复的实践证明，粗暴打骂是不好用的，而是要对他反复强调规则。并且最关键的：第一，从头到尾老师一直强调“不要把坏的情绪传递给孩子”，只是用“适度的力气”将孩子控制住。佛祖自始至终，正如黄周星所评的“无限慈悲，无限棒喝，温和之极，不动一毫声色”，岂不也像慈父或恩师一样，丝毫不将自己的坏情绪传给孩子吗？第二，他平静地忍受了孩子的踢打、啃咬、咒骂。就算是来自孩子，这四十五分钟的踢打啃咬也不是一个普通成年人所能承受的！这和佛祖“用手掌化作五座联山，轻轻地把他压住”岂不是正相当！汉语里形容山的词汇很多，何以偏用一个“轻轻地”？这种关爱，诸位难道还读不出吗？这是什么？这就是舍己度世的慈悲心！

卓越的作品里无不弥漫着这种大慈大悲！远的不说，就近的而言，《倚天屠龙记》里的空见大师，以血肉之躯受了金毛狮王谢逊的七伤拳，最终圆寂，目的仅是消解谢逊的怨气。还有《神雕侠侣》里的一灯大师，他度化铁掌水上漂裘千仞为弟子，给他起法名慈恩。但是慈恩仍然有怨毒之心，甚至出手攻师。一灯大师是这样化解的：

（慈恩）突然间呼的一声，出掌向一灯大师劈去。一灯举手斜立胸口，身子微晃，挡了这一掌。慈恩怒道：“你定是要和我过不去！”左手又是一掌，一灯大师伸手招架，仍不还招。……可是一灯抱着舍身度人的大愿大勇，宁受铁掌擅击之祸，也决不还手，只盼他终于悔悟。这并非比拼武功内力，却是善念和恶念之争。

杨过和小龙女眼见慈恩的铁掌有如斧钺般一掌掌向一灯劈去，劈到第十四掌时，一灯“哇”的一声，一口鲜血喷了出来。慈恩一怔，喝道：“你还不还手吗？”一灯柔声道：“我何必还手？我打胜你有什么用？你打胜我有什么用？须得胜过自己，克制自己！”慈恩一愣，喃喃地道：“要胜过自己，克制自己！”

一灯大师这几句话，便如雷震一般，轰到了杨过心里，暗想：“要胜过自己的任性，要克制自己的妄念，确比胜过强敌难得多。这位高僧的话真是至理名言。”却见慈恩双掌在空中稍做停留，终于呼的一声又拍了出去。一灯身子摇晃，又是一口鲜血喷出，白鬚和僧袍上全染满了。

空见大师以及一灯大师，宁可受内伤、舍却性命，也要化解戾气和怨毒。这岂不就是佛祖境界！

《西游记》演到此节，若是俗手，定然大写一番如来如何施法，屠灭悟空——其实大多数神魔小说不都是这样吗？可是作者写给我们的，竟是一场轻松愉快的儿童游戏的轻喜剧。当我们读到两人打赌、猴头撒尿的好玩之际，作者笔锋一转，又抛出一场惊心动魄的舍身度人的大悲剧！这是多大的胸襟，多大的笔力！正如一灯大师所说：“我打胜你有什么用？你打胜我有什么用？”一场游戏的结果是如来血溅僧袍，奄然物化。呜呼！这是何等的力量，这是何等的慈悲！这正是我们读《西游记》所不该错过的地方。

所以，我们实在不该怀着斗争论、阴谋论的恶趣味去读西游，这样会错过许许多多的精彩。

观音菩萨的长尾

萝卜开会

很多朋友喜欢在网上看“中国神谱大全”之类的东西，据此在头脑中建立了一套神仙体系。但是这种网页文章往往条理不清楚，写文章的人既不管是什么宗教的，也不管是什么朝代的，只要是他知道的神就搬进来，既有来自宗教典籍里的，也有引自戏剧小说里的。至于各宗教都有什么教派，每个教派都有哪些神，就更不管了。这样建立起来的神仙谱系，就像是说萝卜分为以下几种：红萝卜、青萝卜、胡萝卜、大萝卜、小萝卜、嫩萝卜、腌萝卜、水萝卜、干萝卜、野萝卜、秋萝卜、炖萝卜、拌萝卜……这些类别都是彼此交叉的，非常混乱且毫无意义的，如果按照颜色就不能按大小分，依据咸淡就不能又按季节分，否则只能说这不是“群英荟萃”，而是萝卜开会，对研究萝卜一点用都没有。

但是，民间信仰，一直就是这样的萝卜开会。因为民间信仰有一个重要的原则：约定俗成！再过一百来年，一定会有一些神灵，是根据网络神谱或网络小说的神谱创造出来而被膜拜的。

在民间信仰中，我们的观音姐姐，正是经历了从青萝卜到红萝卜，从春萝卜到秋萝卜的过程。

观音菩萨最初是男身，为迎合中国老百姓的需要，唐宋以后逐渐变成女身。这是一个基本常识，这里不谈这个，只结合《西游记》谈一谈观音的民间化和道教化。

《西游记》里观音菩萨经常去天宫串门，真假孙悟空这一回，观音分辨不了真假，首先想到的并不是求助佛教大本营，找如来，而是叫真假悟空去天宫。《西游记杂剧》里观音也是奉玉帝之命行事的，这些都体现了民间信仰中观音的地位。因为老百姓根本不懂佛教“缘起性空”那一套，也不懂“无想天”“无热天”“无量光天”“光音天”，乃至“非想非非想处天”的区别。至于一千个小千世界合一个中千世界，一千个中千世界合一个大千世界，更是匪夷所思的事情。所以神学名词很少出现在通俗文学里，“天上有玉帝，地下有皇帝”是最容易被大众接受的逻辑。老百姓头脑里顶多能装个三次元的空间：天宫、人间、地狱。或者再加两个半空间：洞府、水府。空间再多，老百姓就不喜欢了。这个道理很简单：空间维数再多，就需要专门抽时间胡思乱想，还搬砖不搬了！

观音菩萨和慈航真人？

观音菩萨本是佛教的，大概宋代以后，就开始改变身份。大约成书于元代的《三教源流搜神大全》中说：“（妙）善坐普陀岩，九载功成，割手目以救父病，持壶甘露以生万民。左善才为之普照，右龙女为之广德，感一家骨肉而为之修行，普升天界。玉帝见其福力遍大千，神应通三界，遂从老君妙乐之奏，封为大慈大悲救苦救难南无灵感观世音菩萨。赐宝莲花座，为南海普陀岩之主。”“观世音”是玉帝封的，莲花座也是玉帝赐的。整个被玉帝收编过来了！

《三教源流搜神大全》里的观音菩萨

我们经常听说观音菩萨又叫慈航真人。我仔细检索了一下，包括基本古籍库和佛道二藏，所谓慈航真人、慈航大士、慈航道人的称呼，都是《封神演义》流行之后的事。在此之前——至少在我所能见到的范围之内，没有发现。

百度百科里还有种说法，说观音本来又叫“慈航大士”，据《历代神仙通鉴》卷记载：普陀落伽岩潮音洞中有一女真，相传商王时修道于此，已得神通三昧，发愿欲普度世间男女。尝以丹药及甘露水济人，南海人称之曰慈航大士。

那么这个说法的出处《历代神仙通鉴》是本什么书呢？这本书又叫《三教同源录》《历代神仙演义》。我查了，慈航大士的故事确实在这部书的第五卷第四节。但这部书本来是明末或清朝的，故作玄虚说是明初的，所以这里面说的“慈航大士”很可能就是从《封神演义》的“慈航道人”借过来的。拿这种作品当真正的道教典籍，实在不靠谱。

总之，慈航真人这个名字，是《封神演义》的一大发明，本是个文学领域的词语，反渗透到道教领域去了。我曾见过一个小庙里观音旁边，居然供奉着黑熊怪！这不得不令我感慨，《西游记》《封神演义》两部书，是如何反过来影响到民间信仰了！

其实“慈航”这个词，本来就不是佛教词语，而是我们中土文人先用起来的。“法轮明暗室，慧海度慈航”是南北朝梁昭明太子萧统的诗，形容佛、菩萨以慈悲之心度人，如航船之济众，使之脱离生死苦海。

我检索了《大藏经》，“慈航”一词共有二百多条，有形容佛祖的，有形容阿弥陀佛的，有形容弥勒菩萨的，但没有一处是指观音菩萨的，没有一条！目测形容阿弥陀佛最多。《道藏》也是这种情况。这更可证明，“慈航”成为观音菩萨的名号，十有八九是《封神演义》编出来的了！

不过，查一查道教经书会发现，道教有一部《太上碧落洞天慈航灵感度世宝忏》，这部《宝忏》第一句就是“南海慈航观世音”。难道这部《宝忏》也是假的？

我要说：假虽然不假，可这部书是收在《忏法大观》里的（《藏外道书》第三十册），作者是孟珙，清朝人，北京白云观的《七真道行碑》就是他写的，这已经是1886年的事了！

前几讲，我反复强调，《西游记》里的神仙，呈现出的是民间信仰的面目，而不是正宗佛教或道教的面目。这句话听起来虽然有点空，实际可以这样理解：

首先，老百姓信奉一个神，对深奥的佛理毫无兴趣。他们感兴趣的是，这位菩萨是干什么的？我们拜他会有什么好处？是管送子的？还是能消灾的？我出香火钱，你出神力，公平交易。

正规佛教对塑像有十分严格的标准，比如塑一尊菩萨像，必须符合量度和仪轨：身长、头长、臂长是多少，戴什么首饰，穿什么衣服，拿什么法器。都有严格规定。可民间就是不管你那一套，不但乱塑一气，就连自家的棉被都拿来给菩萨盖上。

不但普度众生，也普度众神

然而这还不是最过分的。明代兴盛起来的“无生老母”，是元明时期一些民间教派的最高神。她既创造了宇宙与人类，又拯救沉沦于苦海中的后代，或派神佛下凡，或亲自下凡度万民。

无生老母本来就是民间杜撰的一个神。她在民间受了百十年的香火，竟然渐渐在信众心里取得了“正神”的地位。她是造物主也是救世主，很像只信仰上帝的一神教。谁知民间觉得这个“一神”都不能满足，继续杜撰出一个“十二老母朝无生”。这十二老母是观音老母、文殊老母、普贤老母、地藏老母、泰山老母、托天老母、劈山老母等十二位（不同的地方名字或许不同）。

这十二位老母也是有亲疏的，就像村里老太太打牌，必然先拉一两个最熟悉的，比如妯娌、婶子、大姨妈，然后再从自己的朋友圈拉人。这里面最有名、最合适先发展的老太太，当然是普度众生的观音菩萨，其次是泰山老母，也就是碧霞元君。她俩先过来凑这个牌局。文殊、普贤、地藏三位，虽然是男的，但不妨男转女身，一起来给无生老母打工。其他什么劈山老母、托天老母，这都是没影儿的事了！

我们不得不佩服老百姓的创造力和想象力！他们会给这些老母配上不同的法器。观音老母手里托净瓶，这是千年不变的装备，且不多说。劈山老母手里拿一把斧子，这也顾名思义嘛。地藏老母呢？她头戴一顶毗卢帽，没错，这是地藏王菩萨的标志，但她手里的法器居然是一只地球（因为“地藏”“地球”都有一个“地”字？）仪！南北极方向还是正确的。大概是连架子端着实在不好看，干脆拆下来了，穿轴的那个洞都在！

观音的长尾理论

各位读者有没有发现，我以上说的这些事，都指向一个方向！那就是观音姐姐的纽带性！

观音从男转女，这就是一个纽带，将众多女信众拉拢过来了。又从佛家转道家，这又是一个纽带，把道教信众拉拢过来了。又从正神转俗神，又把民间的各路信众拉拢过来了。佛教信众的主力当然是男性，可是加上女信众，道教信众，各种民间宗教、地方宗教的信众，总数也不少啊！这些群体的总和，恐怕就是整个信众的“长尾”。有一句非常著名的话，说宋代之后，民间是“家家阿弥陀，户户观世音”。这句话太耐人寻味了，它颇能点出长尾理论的真相——为什么跑到哪里都能看到观音？代表净土信仰的阿弥陀佛，自然占了整条“信仰”曲线的头（body），但是出了净土宗，阿弥陀佛就不好使了。道教徒不会信，民间、地方也很少信。这条信仰曲线的长尾是靠观音菩萨来收拢的。

正宗佛寺有她，阿弥陀佛身边有她，道观里有她，民间的、地方的信仰还有她。她就像空气一样无处不在，就像细流一样无孔不入。这种现象，是值得今天做市场、做营销的人学习经验的。

唐僧一家的背景

唐僧出世的这一回，叫“陈光蕊赴任逢灾　江流僧复仇报本”，是《西游记》里争议最大的一回，而且历来就分分合合，甚至现在各出版社出的《西游记》，都没有把这一回算在百回之内，而是当成“附录”处理。这在小说史上也可算是罕见了。

因为明代的世德堂本《西游记》里并没有这一回。它介绍唐僧，和介绍猪八戒、沙和尚一样，是通过一首诗来介绍的。世德堂本从观音菩萨去长安之后，第九、十、十一回回目是这样的：

第九回　袁守诚妙算无私曲　老龙王拙计犯天条

第十回　二将军宫门镇鬼　唐太宗地府还魂

第十一回　还受生唐王遵善果　度孤魂萧瑀正空门

唐僧出世的完整故事，第一次出现，是在明代一个很拙劣的版本里，学界称为“朱本”。到了清朝，大概是大家觉得这么大一部书，孙悟空的出身都占了七回，唐僧的出身怎么能一点儿都不讲？于是纷纷把它编入了一百回中，但终不能是一百零一回这样一个挂零的数字，于是清朝人又把后面几回作了点儿调整，连合并带后串，直到第十二回才和世德堂本同步了。人民文学出版社 1995 年出版的《西游记》沿用的还是清朝的样子：

九回　陈光蕊赴任逢灾　江流僧复仇报本

十回　老龙王拙计犯天条　魏将军遗书托冥吏

十一回　游地府太宗还魂　进瓜果刘全续配

然而这里是有问题的。比如第九回的开头“话表陕西大唐国”云云，和第十回的开头一模一样。第九回里把小唐僧从水里救起的是法明和尚，到了第十回的回忆里，忽然变成了迁安和尚。第九回贞观十三年（639），陈光蕊才中状元，第十回里贞观十三年，成年的唐僧就已经开法会了！就算《西游记》最后这位改定者再糊涂，也不至于出现这样大的 bug，这实在说不过去，讲陈光蕊这一回，肯定是后插进去的。

于是人民文学出版社 1980 年再版的《西游记》，就把陈光蕊的故事单独拿出来，标为“附录”。这也好理解，既然按世德堂本整理的，那就得依据世德堂本的原貌来。只是可惜我们的御弟哥哥，只能从一篇“附录”里出场了。

唐僧原是男一号

我此前讲过，西游故事大致分南北两系。取经故事流传于北方，故事的男一号是唐僧。比较早的《大唐三藏取经诗话》，是从唐僧告别太宗西行讲起的（这一卷已经缺了，但根据剧情推知是这样的）。又如《西游记杂剧》，第一个故事也是从唐僧出身讲起的。但是，自从人们发现了南方系齐天大圣的价值后，把他慢慢引入取经故事中，唐僧男一号的地位就一降再降，到了百回本《西游记》，忽然就一把推开唐僧，从孙悟空讲起了！连唐僧出身的故事都找不到了，于是孙悟空正式篡夺了唐僧男一号的地位。

男一号一旦被篡夺了地位，与之俱来的一定是剧情被改动。在唐僧做男一的元代《唐僧取经图册》（日本藏）里，好多北方系妖精，如瞿波罗龙、野狐精、魔女国、长爪大仙等，在今天的《西游记》里踪影全无。毋庸讳言，他们都是过气的演员，虽然资质未必很差，但只因跟错了人，当年唐僧在一线的时候他们都没红，经过几百年的淘汰，竟被剧组开除了！

而像哪吒、二郎神是跟着强势的新男一号——齐天大圣进入《西游记》剧组。他们因为和新男一演过对手戏，必须带，形成了一股劲锐的南方势力。朱紫国赛太岁也算，因为那本来是大圣的戏，是让给他演的，而大圣在这一集只是客串。

本来新男一还要带进一些人的，比如什么猕猴王之类，但这些演员，水平比二郎神他们差好多。所以就算新男一面子再大，也罩不住这么多龙套小弟，带不进剧组，是情理之中的事。

而沙和尚虽然弱得很，却是北方系里资格最老的。女儿国女王（《大唐三藏取经诗话》女人国）、老鼠精（毗沙门天王故事）、刘伯钦（宣扬念经超生），也算是北方系唐僧的人。所以可以解释，为何在流沙河一回里猴哥自动退位只当帮手，而几段招亲故事里唐僧逆袭成了主角，因为这是北方系留下的几块领地。

总的来看：南方系演员道家或民间信仰的背景多些；北方系纯正的佛家背景多些，而且带着很浓的西域色彩，但这些故事，往往水土不服，很容易就被剧组咔嚓掉。所以，这场南系北系之融，男一男二之争，道家佛家之交锋，毋宁说是西游故事本土化的过程（与元代的民族、宗教的大融合似乎是基本同步的）。

陈光蕊也不是唐僧他爹

当一个人物被大众喜爱的时候，人们就会把各种故事，即便和他本来不相干的，只要沾点边，也会往他身上编。

历史上唐僧本来没有爹——我的意思是，他爹没有什么出名的故事，但唐僧的远祖倒是留下了一个有名故事。据《大唐大慈恩寺三藏法师传》，玄奘大师是汉代陈寔的后代，如果大家不熟悉陈寔，“梁上君子”这个故事应该听说过，这个小偷的美号就是陈寔给起的。但是说实话，唐朝人特喜欢高攀远祖，这个陈寔是不是真的“远祖”，不好说。

玄奘大师的亲爹不叫陈光蕊，而叫陈慧。书上说他“形长八尺。美眉明目”，看来御弟哥哥的小鲜肉形象是有遗传基因的。但这位陈老太爷并不喜欢做官，更没有什么中状元之事。

那么玄奘大师什么时候换了一个状元爹呢？这个故事还得从唐朝说起。唐朝《原化记》里有一个故事：

唐天宝年间，荥阳有个姓崔的青年（姑且喊他崔生），考上了进士，被任用为吉州大和县县尉。崔生的老娘恋土难迁，于是崔生带着夫人王氏和金银数十万赴任。雇的吉州孙家（姑且喊他孙甲）的船。孙甲见财起意，把崔生推落水中淹死，谋了他的钱财，又逼迫王氏就范。这时王氏已经怀了崔生的孩子，也无法送信回家，不得已忍辱偷生。幸好孩子出生后，孙甲很喜欢，待他不错。王氏也就不敢提起前事。

二十年后，小崔进京赶考，晚上走到一个地方迷了路，忽然看见前面有一团火光，飘飘忽忽地引路。小崔跟着火光走进了一户人家，正是崔生的父母家！老太太还健在，见小崔长得和崔生一模一样，大吃一惊，但她哪里想得到这就是亲孙子，只当是巧合。想起儿子儿媳失联二十年，不由得放声痛哭，就把崔生的一件旧衣服送给小崔，当作留念。

小崔进京之后没考上，回到家里。王氏夫人一见这衣服和下襟上的火烧孔，大吃一惊！忙问这衣服是从哪里来的。小崔如实相告。母子抱头痛哭，两人立即到衙门告状，官府把孙甲缉拿归案，沉冤昭雪。但是依法，王夫人应该早点告官，这么晚告也有罪。小崔苦苦哀告，幸而得以免罪。

原文很长，这只是大概，但陈光蕊故事的基本情节，已经具备了。

另一个故事，出自唐朝温庭筠的《乾𦠆子》：

陈彝爽和周茂芳是同学、发小。两人一起赶考，陈彝爽考上了进士，周茂芳却没考上。陈彝爽调任蓬州仪陇县令，于是回家收拾行李，准备带着夫人郭氏、两岁的儿子陈义郎去上任。陈老太太恋土难迁，于是郭氏给婆婆做了一件衣服，不小心剪破了手，衣服上溅了几滴血，郭氏就说："婆婆留做纪念吧。"周茂芳落榜在家，百无聊赖。陈彝爽就约他同去旅游一番。不料周茂芳忽然黑了心，趁人不注意，用铜锤打死了陈彝爽，还把他的尸体推落江中。趁郭夫人六神无主之际，周茂芳就说："不如我顶了他的官名，一起上任。"郭氏没办法，只好从了他。陈义郎年纪还小，根本不懂事。

周茂芳顶替发小到任后十七年，陈义郎已经十九岁了。进京赶考，正好路过老家。碰上一个卖饭的老太太说："我看你长得像我的孙子。"还拿出一件衣服——就是郭氏临走留给婆婆的沾血的那件，送给陈义郎。义郎只当是件趣事。

陈义郎落榜后回到家。谁知母亲郭氏见衣大惊，才对儿子义郎说出前后缘由。陈义郎大怒，趁周茂芳睡觉的时候，一刀砍了他的头。母子到官府自首。官府审理此案，念他们情有可原，判了无罪释放。于是祖孙婆媳一家团圆。郭氏回到老家，在老太太跟前伺候了三年，就去世了。

这个故事和前面那个故事一样。情节和唐僧出身的故事基本是相符的，都是说老爹中了进士（虽然不是状元），带夫人上任，这位夫人要么身怀有孕，要么儿子还小。老爹路上被贼人害死，夫人忍辱偷生。儿子长大成人，偶遇奶奶，通过一些信物，家人才互知音信。大概这位陈义郎的故事，因为手刃仇人，更为有名，就被安到同样姓陈的陈玄奘头上了。

至于陈光蕊这个名字大概产生于宋元的戏曲中。还有学者说，连云港一带，早就流传着陈光蕊是三元大帝的传说。这个我也没有实地考察过，也不清楚是不是反过来受了《西游记》的影响，但总感觉结论有些牵强。

满月抛江和殷夫人自尽

至于"满月抛江"，这是另外一类相似的故事，宋周密《齐东野语》有一条相关记载：

从前有个郡守的佐官，一家三口出门，在江上碰上了强盗，这位郡佐被杀害了。强盗胁迫他的夫人就范，夫人说："我可以从你，但是有个条件。你如果不答应，我反正就是一死。”强盗问什么条件，夫人说:“我就这一个孩子，才几个月。现在我把他扔进江里，顺水漂走，死活任从天命。万一留我丈夫的一点骨血，也是你功德一件。”强盗想了想，一个孩子，漂在江里，怎么可能有命？就答应了。夫人用一个黑漆小盒，盛了婴儿，旁边放了两块银子，顺水流去。夫人就跟随了强盗过活。

十余年后，夫人到一座寺里拜佛，忽然见到长老房里有一个黑漆盒子，正是当年的那只！大吃一惊。长老说:“是我十多年前捡到的，里面还有一个小孩，我将他抚养成人了。”说着就把小和尚叫了进来，果然和他爸爸长得一模一样。长老立即跑去报官，强盗被缉拿归案，沉冤昭雪。

这件事虽然没说小和尚姓甚名谁，却和佛寺发生了联系，这就更容易往玄奘法师身上编了。

和玄奘法师有关系的故事，基本就是这些。《西游记》里的殷夫人，最终的结局竟然是“从容自尽”，实在是反人性。这自然是明清以来的贞节观念起了作用。事实上，大家也不大乐意接受这个结局，例如在福建莆仙戏《陈光蕊》中，给殷夫人设计的情节是装疯躲过了刘洪的玷污，自然也就不必自尽了。但是装疯，也算是对人类社会的另一种诀别！

对殷夫人的苛责，早在故事的原型期就种下了。比如小崔那个故事，站在官府的立场上，王夫人没有及时报官，所以是有罪的！陈义郎那个故事，郭夫人虽然没被判罪，但也给她安排了一个三年而死的下场。这些无疑是让殷夫人“从容自尽”的种子。丈夫还魂转世、儿子光宗耀祖，而她，实在没有存在的必要了！

那么这几位夫人，为何不及时报官呢？她们的理由如出一辙，王夫人对儿子说“此为汝幼小，恐申理不了”，郭夫人对儿子说“吾久欲言，虑汝之幼，吾妇人，谋有不臧，则汝亡父之冤无复雪矣”。也就是说，单凭一个妇女去告，很有可能是告不赢的。由此可见，妇女实在是极苦极苦的，怎么做都是错，至今仍然如此！我每读到此，都要为古今女子发一大哭！

唐僧杀死了亲爹？

有一些朋友，拿着一些网上流传的“解读”来问我，说唐僧杀死的水贼刘洪实际是唐僧的亲爹云云。这种解读列出一二三四诸多证据，直指原文漏洞，比如：殷小姐是丞相的女儿，为什么要用抛绣球这种不靠谱的方式找老公？她结婚八天之后就确认自己怀孕了，古代又没有高效的验孕技术，她怎么知道的？殷小姐为何没有报案或者给陈光蕊复仇？水贼为何敢带着殷小姐上任，一冒充就是十八年？第九十九回，为何观音菩萨给唐僧把“替父报仇”记为“一难”？殷小姐为何从来没有回过娘家？等等。

我觉得，当作娱乐看，没有任何问题，这些解释都很有想象力，但如果以为这就是《西游记》的本意，就不恰当了。

其实大家知道了陈光蕊故事的几个原型之后，这些所谓的“揭秘”也就不攻自破了。几个原型故事都透露：女主角没有及时报案，有一位甚至因此差点儿受到惩罚。她们不报案的原因，自己也说了：孤儿寡母，告不赢！贼人敢带着这几位女主角上任也是如此，女性的活动能力，在古代是极弱的。她们很少识字，也没有什么文化，多年不通音信，也是正常的，更何况，古代通个音信其实很困难，而且，这类故事既然被编出来，设定的前提就是不能通信的！如此设定必然有原因。比如在小崔的那个故事里，孙甲“养为己子，极爱焉”，还是很喜欢小崔的。王氏为了将小崔抚养大，也只能顺从，不能随意报案或通信，否则新丈夫倒了，她远在他乡，带着一个小孩子投奔谁？这是软手段。再比如，陈义郎的故事，不能通信的原因是周茂芳“防虞甚切”，看得死死的，想通信都不能，这是硬手段。不管是“爱如己子”还是“防虞甚切”，都已经杜绝通信的可能了。

我们一定要始终记住一件事：《西游记》是有强烈的民间性的：第一，书成于民间，是几百年间许多不知名的民间作者创作、叠加的，纵使有天才的有学识的作家，起到的作用——至少在整体结构上起到的作用是很少的。

第二，信仰是民间的。之后我们会提到：《西游记》里的玉帝、观音等神仙，都是已经融合了佛道二教的，不能简单地和任何一个宗教画等号，所以表面化地解读成佛道斗争、阴谋肯定是有问题的。

第三，故事也是民间的！《西游记》中很多故事，是从民间故事改编来的。民间故事，和作家坐在家编出来的故事完全不同。

民间故事的显著特点是由集体创作，在情节、主题、人物等方面有显著的类型化倾向。所以，我们在全国各地都能听到斗法故事、坏哥哥好弟弟的故事、智斗财主的故事、青蛙王子的故事……这都是一个个的“故事类型”。人物就像变量，故事类型就像公式，讲故事的时候往里一套就行了。

民间文学中的这种类型化故事一般称为母题，有些母题甚至在全世界流传。比如强盗劫杀而后孝子复仇故事，也是一种母题。为什么会产生母题？因为民间故事的传承，是口头的，是靠模式化传承的。所以主人公的名字、时代、职业都可以变，唯独模式不会变。所以陈光蕊这个故事一演再演，主人公可以姓崔，可以姓陈，可以写进唐朝人的著作，也可以编进明朝人的小说。所以，如果有人用看宫斗剧、潜伏剧的心态去解释《西游记》，只看过原著就断章取义地找一些漏洞，说这些都是佛祖、观音的阴谋，那民间这么多类似的故事，你让他都用阴谋论讲讲看？

当然有人会质疑：既然讲《西游记》，就只该讲《西游记》，为什么要拉扯古往今来那么多故事？这和《西游记》的情节有关系？别的故事逻辑是这样，能证明《西游记》也这样吗？

当然有关系！就像我们认识一个人，只靠和他见个面吃个饭，肯定是不行的。我们要知道他的职业，就去询问他的同事；要知道他的身份，就去询问他的合作者；要知道他的交际圈，就去询问他的朋友；要知道他的家庭，就去询问他的家人。所以，必然要牵扯别的人进来，如此才能对这个人有全面的认识。如果懒得这样做，你怎么知道面前这个人，是好人还是骗子？如果动辄就说“我忠实原著啊”，那和见到一个人，不分好歹就说“我就信这个人了”有什么区别呢？

看啊！唐太宗背后那个人

齐天大圣大闹天宫之后、唐三藏取经之前，还有很长的一段过渡故事。这段故事很有名，也很复杂，分为四个小部分，也就是四个小故事，值得说一说。

第一个故事叫“斩龙”。泾河龙王犯了天条，唐太宗答应救泾河龙王，不想被魏徵一梦斩了。

第二个故事一般叫“入冥”，龙王在阴间告状，一定要“三曹对案”。是唐太宗到了阎王殿上，十殿阎王下殿迎接，说那龙王已经被送去转生了。

第三个故事叫“游地府”，既然原告都走了，对不成案，那不妨在地府玩一玩吧。唐太宗遍历地府和十八层地狱，这才还阳。

第四个故事叫“进瓜”，唐太宗答应给阎王送南瓜做礼物，还阳之后，找了个叫刘全的鳏夫，去地府给阎王送瓜（服毒药自杀就去了）。阎王叫刘全还魂，刘全还带了他早死的妻子李翠莲一起还阳。

唐太宗的亏心事

唐太宗入冥的故事，从唐朝就有了，记录在张鷟《朝野佥载》

中，大概剧情如下：

有一天，太史令李淳风忽然觐见唐太宗，说："陛下今晚要命终。"唐太宗吓了一跳，他知道李淳风能未卜先知，想了想说："死生有命，无所谓啦。"就把李淳风留在宫里住下。到了半夜，太宗梦里看见一个人，说："有请陛下。"太宗问："你是什么人？"那个人说："我是陛下的臣民，但也兼职断点阴间的案子。"唐太宗跟着他进了阴司，原来冥官请他来，是专问"六月四日事"的。问了一回，就把唐太宗放回来了。又是那个干兼职的送太宗出来。这一夜，李淳风守在旁边，不许旁人哭泣，到早晨，太宗就复活了。太宗就叫人找那个干兼职的，封他为蜀地的县丞。谁知一查，发现此前就已经封过这个人这个官了，只是太宗忘记了！

张鷟（约 658—约 730），生于唐高宗显庆年间，死于唐玄宗开元年间。这里值得注意的是"六月四日事"，指的就是武德九年（626）六月四日，唐太宗发动玄武门之变杀兄诛弟的事。

李世民夺得皇位后，本来是亏着心的，于是对李建成、李元吉加了许多污名，以至于我们现在的印象，大唐天下都是李世民打的，李渊、李建成、李元吉要么是窝囊废，要么是坐享其成。其实不是这样的。李渊自然是雄才大略之主，建成、元吉也多有战功。在没有篡改过的《大唐创业起居注》等书中，他们的功勋还保留着。

离玄武门之变才五十来年，张的书里就记载了这个故事。不得不说，唐朝的言论还是相当自由的，民间可以随便编派皇帝。白居易写《长恨歌》，离安史之乱也才五十来年，不但没被封杀，还在大江南北唱红了！当时的妓女如果能"诵得白学士《长恨歌》”，要价都要比别人高。这在舆论受钳制的朝代是不可想象的。

但这里我们谈的不是政治而是故事。在这个故事里，我们发现了一个干兼职的人。而这个人，就是太宗入地府故事的幕后推手！

崔判官的心计

这个故事被民间继续编来编去，已经形成了和今天《西游记》里入冥故事差不多的规模。民间的东西，很难保存下来，所幸的是，敦煌文书里还保留着一份唐朝末年的《唐太宗入冥记》。这份文书中许多模糊的认不出的字，以及生僻的唐代俗语，我都做了疏通，故事很长，这里概括一下：

（原文前缺，大体是太宗的魂被勾来了）太宗进了地府殿上立定，有人高声宣唱：“宣唐天子太宗皇帝李某生魂上殿！”太宗不拜，殿上有人喝道：“大唐天子太宗皇帝，为何不拜？”太宗高声说道：“叫朕拜舞者，是什么人？朕在长安之日，只是受人拜，不惯拜人。朕是大唐天子，阎罗王是鬼头，为何叫朕拜？”

阎王被骂，大没面子，一拍桌子：“判官崔子玉，命你审讯太宗，不得有误！”崔子玉穿戴整齐，出来拜见。太宗一见，就把李乾风给崔子玉的说情信交出来了。崔子玉看了之后，心思一动：“机会来了啊！我在阳间只是个滏阳县尉，平时怎么可能见得着皇上！今天终于落到我手里了。嗯，我得慢慢钓他，一定抓住这个机会要个官做。”于是脸一板，说：“太宗皇帝！你贵为天子，竟敢不知法度，跑到本官面前说情？”

这里需要交代一句，这位崔子玉，和刚才那位干兼职的情况相似。他还是活人，阳间是大唐的滏阳县尉，白天当公务员，晚上就来地府当判官。

唐太宗吓了一跳，连忙低声下气地说："崔爱卿，别管那么多了。信中的事，你能办就办吧。"崔子玉装模作样地说："公事公办。今天叫你来吧，是这么回事……你听见隔壁两个鬼魂哭没，那就是李建成和李元吉……"太宗大吃一惊，镇定一下说："啊？哦，哎呀太好了，要不是你，朕还不知道两位兄弟在哪儿。想念死朕了！"崔子玉冷笑一声说："陛下就别装了。你要是见了他们，就回不去阳间了。这事还得我帮你打点。"太宗被道破心事，低头不语。

崔子玉翻了翻生死簿，发现上面写着"皇帝命禄归尽"，心想："好极了！"就把簿子一合，低声对太宗说："陛下啊，现在臣可以给你改阳寿。我给你添五年……"太宗一听，赶紧说："好！好！你给朕改了，朕回到阳间重重赏你钱物。"崔子玉一听，心想："哈！我刚答应给他添五年，他就要赏我钱物；我要是再多改几年，他一定给我个大官！"就慢条斯理地说："陛下，我的权力吧——其实只能给你五年，但看在李乾风说情的面子上，再给你添到十年！"太宗说："好！好！我还阳后，你来长安见朕，朕再多赏你钱物！"

崔子玉听了，大为失望，心想："这皇上怎么这么吝啬官职！说来说去，只是会多赏我钱物！不吓唬他一番，如何能觅得官做！"主意已定，就脸一沉，不作声了。

太宗等了半天，也不见崔子玉说话，追着问："你到底什么时候放朕回去？"崔子玉嘬着牙花子说："陛下，哎呀，这个按规矩嘛，你得留个案底。我写一条问题给你，陛下写清答辩理由。若答得，即归长安；若答不得，不得再归生路。”太宗一听要留什么案底，“忙怕极甚”，对崔子玉道：“你写你写，朕必不负卿。”崔子玉便递过来一张纸。太宗一看，上面写道：“问大唐天子太宗皇帝武德年间，为甚杀兄弟于前殿，囚慈父于后宫？仰答！”

太宗见了此问，如杵戳心，面如土色，将纸条丢在地上，对子玉道：“这个问题，朕答不得！”崔子玉赶紧跪倒，说：“陛下若答不得，臣代您答。只要陛下大开口。”太宗说：“什么意思？什么你替朕答，又要朕大开口？”崔子玉这才说到关键：“臣叫陛下大开口，只是因为臣在阳间官小，恳请封个大官！”太宗说：“卿要何官职？何不早道！我封你为蒲州刺史兼河北廿四州采访使，官至御史大夫，赐紫金鱼袋，赐滏阳县库钱二万贯。”

这里有个逻辑：原来太宗贵为皇帝，金口玉言，只要在阴间这么一说，到阳间就算他自己忘了，这件事也必定成真。崔子玉连忙跪倒谢恩。提起笔来，在那张纸条后面批了六个大字：“大圣灭族为国”（“为国”两个字是我根据意思猜测的，原本残缺了，不知什么字）。

后来崔子玉让太宗还阳后抄经，故事就结束了。最后是一句：天复六年（唐昭宗年号）丙寅岁闰十二月二十六日。大概是抄写的日期。原文是写在一张破纸上。诸位别以为这是我用现代语言改造过的，我确实剪去了一些枝节，绝没有随意发挥，故事原本就是这样好玩。

这个故事把君臣二人的心计写得淋漓尽致：崔子玉想要官，一而再再而三地刁难、吊胃口、要挟；唐太宗急于还阳，却又亏着心，抖不出皇上威风，却又不肯失了皇上体面。这些情节，在《西游记》里反倒表现得不明显了。不得不说，这段故事，比《西游记》的那一段精彩。

如果没读过原著，恐怕大家都忘记崔子玉这个人了。这位在《西游记》里是这样的：

> （魏）徵云：“臣有书一封，进与陛下，捎去到冥司，付酆都判官崔珏。”太宗道：“崔珏是谁？”（魏）徵云：“崔珏乃是太上先皇帝驾前之臣，先受兹州令，后升礼部侍郎。在日与臣八拜为交，相知甚厚。他如今已死，现在阴司做掌生死文簿的酆都判官。”

崔珏其实就是崔子玉。正是他给太宗皇帝的生死簿上添了两笔，将一十三改为三十三，也是他将太宗领出了地府。所以这位崔珏，才是唐太宗入冥的幕后推手。江湖上常说：下手才是上手。真是一点都不假。

但是《西游记》的设定，是崔珏已死，在冥府做判官。他生前已经当了礼部侍郎，官已不小，现在更没有阳间的切身利益，所以他接到魏徵书信之后，乐得做个人情，放太宗还阳，是买魏徵个面子，图日后和魏徵阴曹地府好相见。

事实上，魏徵真的和崔珏相见了！在民间信仰里，魏徵和崔珏同时做了阴间的三曹官。清《曲海总目提要》卷二十八《钓鱼船》：“上帝命三曹会议，天曹官李连，地曹官崔珏，人曹官魏徵”，“魏徵为人曹官之说，本系凿空。然元时刘元塑东岳大帝侍臣像，仿徵塑之，是必徵象怪奇，俨如神明也”。

崔珏和魏徵，籍贯相近，在民间信仰中又都有地位，所以《西游记》乐意让魏徵“取代”李乾（淳）风，把他和崔珏编成朋友。

崔府君成神

这位崔判官又是什么来历呢？一句话：是历史上许许多多姓崔的有作为官员的集合体。比如东汉崔瑗、北齐崔伯谦、唐代诗人崔珏等。大概是取了唐朝崔珏的名，取了东汉崔瑗的字（崔瑗字子玉），又取了其他姓崔的官员的事迹，编排而成的。总之，他是民间信仰中的一位俗神。

我们姑且引用《三教源流搜神大全》中的说法：祁州老崔夫妇，年老无子，到北岳神前祈祷，忽然梦见一个童儿，手拿两块美玉，叫夫妇吞下。崔夫人果然生下了儿子，于是起名叫崔子玉，长大后当官，正直无私，昼断阳间案，夜断阴间案。“珏”的意思就是两块玉，所以他名珏，字子玉。

北岳神，并不在山西浑源的北岳恒山，而是在河北曲阳的北岳庙，离祁州也就是今河北安国市不到一百公里。顺便说一句，魏徵的老家河北巨鹿县，离崔府君老家也就二百公里左右。所以魏徵说崔珏是他老朋友，是有道理的。崔府君的影响力，一直就在河北中部和南部、河南北部、山西东部南部这一带。

我们知道包公昼断阳、夜断阴，其实历史上能昼断阳、夜断阴的还真不止他一人，至少崔珏也是这样的。只是那个“吸星大法”又起了作用。许许多多昼断阳、夜断阴的案例，都跑到包公身上去了。

《三教源流搜神大全》里的崔府君

所以，从“唐太宗入冥”这类故事中，可以看到两点：一是唐太宗杀兄逼父之后，民间对他的口碑极差。这个事在官方的文件、史书中，虽然消灭得一干二净了，但民间是不饶他的，不停地给他编报应故事。二是崔府君信仰的发展。在《朝野佥载》成书的时代，请太宗去地府的还不是崔子玉，等到了晚唐，这个人物就锁定在他身上了。

崔府君一直活在人民心中

现代人对崔府君可能很陌生，但在唐宋之时，他可是一位赫赫有名的神灵。

民间流传的故事中，崔府君经常判断冤案，相关的小说、杂剧非常非常多，但在今天名气都不太大。不过，到了北宋末年靖康之难时，他又“干了”一件著名的大事，这就是“泥马渡康王”。

这个故事讲的是康王赵构被押在金营做人质，侥幸逃脱，幸亏崔府君显灵救命，赵构骑着一匹崔府君庙中的泥马，渡过了大江，重建南宋政权。这个故事首见于南宋的《南渡录》，但《说岳全传》把这个故事讲得更精彩：

> （金兀朮追杀从金营逃出的）康王赵构，正在危急，只见树林中走出一个老汉，方巾道服，一手牵着一匹马，一手一条马鞭，叫声：“主公快上马！”康王也不答应，接鞭跳上了马飞跑。兀朮在后见了，大怒，拍马追来，骂道：“老南蛮！我转来杀你。”那康王一马跑到夹江，举目一望，但见一带长江，茫茫大水。在后兀朮又追来，急得上天无路，入地无门，大叫一声：“天丧我也！”这一声叫喊，忽然那马两蹄一举，背着康王向江中哄的一声响，跳入江中。
>
> ……
>
> 且说那康王的马跳入江中，原是浮在水面上的，兀朮为何看他不见？因有神圣护住，遮了兀朮的眼，故此

不能看见。康王骑在马上，好比雾里一般，那里敢开眼睛；耳朵内但听得呼呼水响。不一个时辰，那马早已过了夹江，跳上岸来。又行了一程，到一茂林之处，那马将康王䍐下地来，往林中跑进去了。

……

（康王走入林中）原来有一座古庙在此。抬头一看，那庙门上有个旧匾额，虽然剥落，上面的字仍看得出，确是五个金字，写着“崔府君神庙”。康王走入庙门，门内站着一匹泥马，颜色却与骑来的一样。又见那马湿淋淋的，浑身是水，暗自想道：“难道渡我过江的，就是此马不成？”想了又想，忽然失声道：“那马乃是泥的，若沾了水，怎么不坏？”言未毕，只听得一声响，那马即化了。康王走上殿，向神举手言道：“我赵构深荷神力保佑！若果然复得宋室江山，那时与你重修庙宇、再塑金身也。”

这件事，使崔府君在南宋的地位大幅度飙升，成了护国神灵。崔府君的信仰，到今天仍然存在。作为一位地方神灵，能青史留名，在《西游记》里留下故事，现代社会留下庙宇，已经算混得很不错了！

小短片串起来的大电影

其实我们细读就会发现，《西游记》唐太宗入地府这一段，和唐代崔府君故事相比，发生了很大的改变。

我此前常说，前七回闹天宫故事和后九十多回取经故事，是两套大故事接在了一起。我上一讲也说，《西游记》的取材许多是民间故事。今天我们又看到，两套大故事之间的几回过渡故事，也是由四个小型民间故事接在一起的。

这四个故事，一是斩龙，二是入冥，三是游地府，四是刘全进瓜。我们不要先入为主地认为，这四个故事本来就是联系在一起的，完全不是。这四个故事，没有一个是《西游记》的原创，原本也都是独立的，互相并没有什么关系或关系很浅，相当于四部独立的小短片。是《西游记》的导演大概换了换人物，通了通剧情，就将它们组织成一部大电影了。其实还有第五个故事：门神传说。但它篇幅太短，不足以与这四个故事并列。

所以这一回里，有很多牵强之处和修改的痕迹。比如入冥这一段，在敦煌《唐太宗入冥记》里唐太宗一会儿趾高气扬，一会儿低三下四，因为他亏着心，以及崔府君那种心机深重的老吏劲儿，都十分出彩。到了《西游记》里，太宗居然和阎王揖让进退，平起平坐，一派和气，草草几句话就结束了。崔珏也成了一个串场性质的人物，他只是接了魏徵的信，就一心要保唐太宗出来。此行最重要的一个目的——审理李建成、李元吉的冤案，也被改成了龙王告状，而建成、元吉被轻轻带了过去。

但是，就算换了目的，这个斩龙的案子也得理清楚吧？首先从常理上讲，太宗许诺救龙，而且也付诸行动了，却不知被魏徵一梦斩了。这罪过比起太宗杀兄逼父的罪过，孰重孰轻？恐怕连过失杀人都算不上！无论如何，也不值当立即要了太宗的命。其次，太宗死也死了，魂魄也给拘到了，那就好好审一番吧。秦广王他们见了太宗居然说："自那龙未生之前，南斗星死簿上已注定该遭杀于人曹之手，我等早已知之。但只是他在此折辩，定要陛下来此三曹对案，是我等将他送入轮藏，转生去了。”秦广王你这是闹哪出呢？一边把被告费了老大劲儿整来，一边把原告悄没声地放走，等于说，这条龙告了半天状，最后连原告都没见到，就被不了了之了！

况且，“三曹对案”指诉讼中的原告、被告、证人三方同时到场。《汉语大词典》中，“曹”字有两个意思：第一个是指诉讼的两方，即原告和被告；第二个是指诉讼的一方。所以，“对”案最起码也得原被告两方在场才能“对”。崔珏和太宗见面时还说：“秦广大王差鬼使催请陛下，要三曹对案。”读者正拭目以待，等着看这场精彩的断案——起码得像敦煌《唐太宗入冥记》那样精彩吧！——可谁知一眨眼到了阎王殿上，被告来了，原告却被送走了，还上哪儿找“三”曹，“对”个什么案！这种阅读的感觉，就像约会被放鸽子，正是文本的硬性牵合导致的。

所以说，前面泾河龙王闹得这么大，结果居然只是一个“不予立案”，这种安排未免草率了点。所以，最可能的原因就是，原来的斩龙故事，结局就是龙王被斩或被处罚，它原本就不是唐太宗入冥的直接原因，是被硬接在入冥故事之前。同理，后面游地府、进瓜也有类似的问题，我们留待下讲。

附录

我把《永乐大典》（约1388—1408）中收录的《西游记》（千真万确，就叫这个名字）中的一段附录在此，诸位可以对照一下。今天所谓的吴承恩（约1500—约1582）《西游记》，早在约二百年前就已经形成了差不多的规模了！

梦斩泾河龙

长安城西南上，有一条河，唤作泾河。贞观十三年，河边有两个渔翁，一个唤张梢，一个唤李定。张梢与李定道："长安西门里，有个卦铺，唤神言山人。我每日与那先生鲤鱼一尾，他便指教下网方位，依随着百下百着。"李定曰："我来日也问先生则个。"这二人正说之间，怎想水里有个巡水夜叉，听得二人所言，"我报与龙王去"。龙王正唤作泾河龙，此时正在水晶宫正面而坐。忽然夜叉来到，言曰："岸边有二人，却是渔翁，说西门里有一卖卦先生，能知河中之事。若依着他算，打尽河中水族。"龙王闻之大怒，扮作白衣秀士，入城中。见一道布额，写道："神翁袁守成于斯讲命。"老龙见之，就对先生坐了，乃作百端磨问，难道先生，问何日下雨。先生曰："来日辰时布云，午时升雷，未时下雨，申时雨足。"老龙问："下多少？"先生曰："下三尺三寸四十八点。"龙笑道："未必都由你说。"先生曰："来日不下雨，到了时甘罚五十两银。"龙道："好，如此来日却得厮见。"辞退，直回到水晶宫。须臾，一个黄巾力士上言曰："玉帝圣旨道：你是八河都总泾河龙，教来日辰时布云，午时升雷，未时下雨，申时雨足。"力士随去。老龙言："不想都应着先生谬说。到了时辰，少下些雨便是，向先生要了罚钱。"次日，申时布云，酉时降雨二尺。第三日，老龙又变为秀士，入长安卦铺，向先生道："你卦不灵，快把五十两银来。"先生曰："我本算术无差，却被你改了天条，错下了雨也。你本非人，自是夜来降雨的龙。瞒得众人，瞒不得我。”老龙当时大怒，对先生变出真相，霎时间：黄河摧两岸，华岳振三峰。威雄惊万里，风雨喷长空。那时走尽众人，唯有袁守成巍然不动。老龙欲向前伤先生，先生曰：“吾不惧死。你违了天条，刻减了甘雨，你命在须臾，剐龙台上难免一刀。”龙乃大惊悔过，复变为秀士，跪下告先生道：“果如此呵！却望先生明说与我因由。”守成曰：“来日你死，乃是当今唐丞相魏徵来日午时断你。”龙曰：“先生救咱。”守成曰：“你若要不死，除非见得唐王，与魏丞相行说劝救时节，或可免灾。”老龙感谢，拜辞先生回也。玉帝差魏徵斩龙。天色已晚，唐王宫中睡思半酣，神魂出殿，步月闲行。只见西南上有一片黑云落地，降下一个老龙，当前跪拜。唐王惊怖曰：“为何？”龙曰：“只因夜来错降芒雨，违了天条，臣该死也。我王是真龙，臣是假龙，真龙必可救假龙。”唐王曰：“吾怎救你？”龙曰：“臣罪正该丞相魏徵来日午时断罪。”唐王曰：“事若干魏徵，须救你无事。”龙拜谢去了。天子觉来，却是一梦。

次日设朝，宣尉迟敬德总管上殿，曰：“夜来朕得一梦，梦见泾河龙来告寡人道：因错行了雨，违了天条，该丞相魏徵断罪。朕许救之。朕欲今日于后宫里宣丞相与朕下棋一日，须直到晚乃出，此龙必可免灾。”敬德曰：“所言是矣。”乃宣魏徵至。帝曰：“召卿无事，朕欲与卿下棋一日。”唐王故迟延下着，将近午，忽然魏相闭目笼睛，寂然不动。至未时却醒。帝曰：“卿为何？”魏徵曰：

“臣暗风疾发，陛下恕臣不敬之罪。”又对帝下棋。

未至三着，听得长安市上百姓喧闹异常。帝问何为，近臣所奏：“千步廊南，十字街头，云端吊下一只龙头来，因此百姓喧闹。”帝问魏徵曰：“怎生来？”魏徵曰：“陛下不问，臣不敢言。泾河龙违天获罪，奉玉帝圣旨，令臣斩之。臣若不从，臣罪与龙无异矣。臣适来合眼一霎，斩了此龙。”正唤作魏徵梦斩泾河龙。唐皇曰：“本欲救之，岂期有此。”遂罢棋。

阎王叫你三更死，长使英雄泪满襟

唐太宗了结了案子之后，立即被安排游览了一次地府。“游地府”不是什么《西游记》原创，让一位阳间人士目睹和宣扬地府的公平、地狱的惨状。这种情节在古代小说中太多太多了。

我们还是从“地府”这个概念说起。

地狱和地府

死后的那个世界，有时候叫地狱，有时候叫地府。其实细想就会发现，地狱和地府完全不同。任何人想象的世界，只能是他熟悉的现实世界的投影。我国自古以来就有非常发达的官僚机构，所以在古人的想象中，阴间的世界，自然也是一副官府模样了。

在六朝以前，阴间，至少某些地区的阴间主宰，是泰山府君。府君，一般来说是对郡守的称呼。下文这个故事就是关于泰山府君的：

有一天，一个叫胡母班的人走在泰山旁边的路上，忽然从一棵树里冒出一个穿红衣服的人。胡母班吓了一跳，那红衣服却对他说：“不要怕，泰山府君召你去。”胡

《三教源流搜神大全》里的东岳

母班眼一闭一睁，发现进入了泰山府君的大宫殿。府君说："麻烦你送封信给我女婿。他是河伯，你到黄河正中间的地方，敲敲船舷，喊'青衣'，就会有人出来取信。"胡母班接了信出来，眼一闭一睁，就回到原来的地方了。

于是胡母班坐船到黄河中流，敲敲船舷，喊"青衣——"，有个女仆就从水里冒出来，叫他眼一闭一睁，发现进入了河伯的宫殿。河伯接到信很高兴，设宴款待，写了回信。吃完饭，叫他眼一闭一睁，又回到船上了！

胡母班回到泰山，敲了敲原来那棵树，那个红衣服又出来了，像原来一样领他进了地府，见了泰山府君，送上河伯的回信。胡母班说："你先看着，我去个洗手间。"

谁知胡母班从洗手间出来，迎面碰上一群干苦力的。里面有个老头，竟然是自己死去的老爹！他大吃一惊，连忙上前相认。老爹说："我死后就来这儿干苦力。你赶紧和府君说说，给我免了吧。"胡母班赶紧回宫去求府君，府君说："行吧，看你面子，让你老爹回你们家乡做个土地爷。不过，出了事我可不管。"胡母班想，能出什么事，就叩头谢恩。

胡母班回到家里，没过几年，他几个小孩全都死了，急得他赶紧又跑去泰山边上敲那棵树。见了府君才知道真相，是他老爹当了土地爷后想孙子孙女，把几个孩子都招去了！

这个故事出自《搜神记》，这是晋朝的书。印度的地狱传说那时还没有在中国兴盛起来，所以这里的"泰山府君"还是一派官员的样子，而且也有人情味。他有女儿，还与河伯通婚。这里河伯当然指黄河河神。泰山府君和他的住处并不恐怖，出入他的宫殿也很简单，就是去泰山旁边找一棵树（当然得找对），敲一敲，出来一个红衣服，跟着他眼一闭一睁，就进出了一回。

而且，普通人死后，去给泰山府君干活，就像给官府服劳役一样。虽然苦了点，但终不像后来的佛教地狱那样，就是想着法子为了折磨人而折磨人。更何况，还有当土地爷的机会。晋朝以前不叫土地爷，而是叫社公，社公是管鬼的。所以，国人的思维，自古以来就是相当现实的。

然而泰山毕竟是山东的，泰山府君在北方的影响最大。就像今天的泰山奶奶，即碧霞元君，在北方尤其是华北最受推崇一样。多说一句：泰山府君是管死鬼的，泰山奶奶一个重要功能是送子（从而分化出一个送子娘娘）。崇山峻岭，永远会牵系着人生最终极的目的：生和死。

南方的武夷君，是武夷山山神，也是福建人心中的土地之神，死后是要向他汇报的。古代民族乌桓，相信死后的魂灵归于赤山，赤山似乎是乌桓族祖先的根据地，因乌桓族的迁徙而位置发生变化。可以看出，不分民族地域，人们对高山的情感都是一样的。

我去过泰山好几次，四面八方、有路的没路的地方都爬上去过。即便是遥遥眺望，心里都有一种莫名的归属感。有一次离开泰安，在火车站附近匆匆找了一座高层建筑，爬到顶层只为默默地看一眼那片横亘半个天空的巨大青影。日本有个老电影，是今村昌平导演的《楢山节考》，看了之后，更深刻地体会到，先民们为何把管理魂灵的任务交给这些伟大的山神了。

天上、人间、地下的三权分立

但是泰山府君管理鬼魂的时间并不长。佛教进入中国后，出现了两个变化：一是地狱和地府合流，建立了一套前殿后狱的严密组织；二是地下本来只有官员，这次就出现了皇帝——阎王。关于这个变化，已经有了很多研究，这里我讲一点不成熟的看法。

汉代以前，人们普遍相信，不管天上人间，最高的统治者就是天帝，或者叫帝、上帝。人间的帝王称为天子，权力也是天帝授的。天帝的权力是最大的。至于地下，只有些普通的官员，比如泰山府君就是一个，还有一些莫名其妙的官，比如地下丞、主冢司令、冢中游击、丘丞墓伯等，但肯定没有一个最高统治者打理这一切，就算有，他还是向天帝负责的。

阎王的出现，当然和佛教的传入有关系。但是佛教里的阎王和国人心目中的阎王，还是有些小差别。比如《长阿含经》里的阎王，竟是这个样子的：

> 早中晚三个时候，会有一口大铁锅自然出现在阎王面前。阎王见了就会跑。这时就有大狱卒捉住阎罗王，把他放在热铁上烙，用铁钩撬开阎王的嘴，往里灌铜汁，从唇舌到肚子，无不焦烂，受过这番罪后，又与宫女一起玩乐。等过几个小时，又得受罪。

阎王爷竟然也要受地狱的苦！这和我们所说的“阎王叫你三更死，谁敢留人到五更”的阎王，实在不能同日而语！佛经讲阎王和地狱，是为了宣扬苦乐；我们讲阎王，关注的多是公平。中国化的阎王，越来越像人间帝王了。

天帝集权的局面好不好呢？也好也不好，民智渐开的时候就不好使了。人间帝王嘴上说敬天，但实际上他们心中已没有太多的敬畏。越到后来，人间帝王，或者说人间行政机器的权力越来越大，天帝集权的局面逐渐被人间帝王的实际集权所打破。晚近有句俗话“天上有玉帝，地下有皇帝”，将二帝相提并论，似乎就已经暗示着天帝地位的下降。天帝所管辖的范围，越来越局限于神界、意识形态领域，对人间政治的干涉能力越来越小——否则就不会改称“玉帝”了。尤其是唐宋以后，人间帝王通过各种世俗的管理办法、发达的行政机器，实际上已经基本把天帝赶走了！也就是说，红尘的事情，天帝越来越罩不住了！

人间帝王地位飙升，老百姓肯定是不爽的。他们当然不会再抬出一个新天帝来对着干，但自有办法：既然你已经不服“玄穹高上帝”管了，那就新找一个“暗黑地下神”来管你！反正天命的那套，皇上（或朝廷）你已经不信了，但你总有一死吧？你死后也得有人管着吧？这就是以信仰的力量和皇权抗衡。

然而，这背后透着多少无奈、多少悲凉、多少失望呢？“世间公道唯白发，贵人头上不曾饶”。老天不公道，法律不公道，道德不公道，唯有阎王和他带来的白发才最公道，多悲哀的句子啊！道尽了多少心酸啊！这样的话，我没有从上古（先秦、两汉）文学中见过，他们顶多抱怨一下“不吊昊天”“昊天不惠”“鬼神实不逞于某某”，至少，他们还没有绝望！

皇帝死后，虽然官方还叫“宾天”了、“登遐”了、“骑龙”了，其实百姓明里暗里早就给他取消了登天的资格，包括皇帝自己，也是准备死后在地下生活的，不然大修陵墓做什么？所以百姓，对于死了的皇帝，嘴上虽然天天说“访药三山远，遗弓万国悲”，其实早就念叨“地下若逢陈后主，岂宜重问后庭花”了。就是早在汉朝，也有“（吕后）欲王吕氏，诸君从欲阿意背约，何面目见高帝地下”了。

所以，死后还有地下生活的共识很好用！天命对你来说不已经是摆设了吗？你不是靠国家机器作威作福吗？别得意，无论你是皇上还是达官贵人，总逃不过地下的审判。所以，那些府君、地下丞、司令游击什么的都不好使了，一个独立于天上、人间之外的合法政权，呼之欲出！正好佛教有阎王信仰传入，这支外来力量立即受到了大众的青睐，被捧上了地下统治者的宝座。

玉帝代表天道，执掌风云雷雨，是管立法的；皇帝代表人间，管理日常事务，是管行政的；阎王代表死后世界，是管司法审判的。阎王虽然名义上还接受玉帝的统治，但他绝大多数的审判，都是终审裁决，玉帝从不过问。这就形成了天上、人间、地下三重机构，似乎正可以对应立法、行政、司法的三权分立制度。有趣的是，这三个机构的意识形态基调，从上到下，还分别被道家（太上老君）、儒家（孔子）和佛家（地藏王菩萨）把持着。立法用道心，治事用儒心，审判用佛心，真是有意思极了！但这种“三权分立”，形成了更大范围的、对天地人三方权力都有相当不错的制衡，至今还普遍存在于民间的思想里。这真是我们中国人智慧之所在！

游冥故事

最后再谈一谈游冥（游地府）的故事。

取经缘起的这段故事，是由斩龙、入冥、游地府和进瓜四段独立的故事构成的。其实游地府这种故事实在太多，远的有《冥祥记》，近的有各种宝卷。比如《王大娘游十殿宝卷》讲锯解地狱：

锯解地狱最难过，两人扯锯不留停。头上锯到脚上去，一人锯开两边分。五脏六腑多流出，鲜血放下恶狗吞。

又比如《翠莲宝卷》讲血湖地狱：

血湖池边来经过，多是难产女子身。剥衣庭对锯解狱，油锅相对火坑城。刀山地狱心惊怕，十恶忤逆扎舌根。奈何桥上真难过，万丈高来阔三寸。上桥就有毒蛇咬，下桥还有恶狗吞。

这和《西游记》里讲的奈何桥“高有百尺，深却千重。上无扶手栏杆，下有抢人恶怪”的描写就差不多了。

而且，历代游地府故事的主人公虽然各种各样，有唐太宗、王大娘、秦雪梅、黄氏女、马玉、目连僧，等等；但过程都是程式化的。主人公因某些缘由被勾到地府，阎王请他遍游地狱，叫他还阳后广泛宣传：阎王是公平的，地狱是痛苦的，行善是必要的，作恶是没的跑的。这就是这类故事被编出来的目的。比如《喻世明言》里的《游酆都胡母迪吟诗》，说胡母迪见岳飞无辜被杀，痛骂阎王不公。忽然有鬼使请他游地府。他遍历地狱，见秦桧等奸臣被各种刑罚处置，方才醒悟天道无私。回到阳间后吟诗作赋，自愿为地府做宣传。这就是个套路，千年不变！《西游记》里唐太宗游遍地狱后，居然也作了一首诗：

善哉真善哉！作善果无灾。善心常切切，善道大开开。莫教兴恶念，是必少刁乖。休言不报应，神鬼有安排。

先不说这首诗实在不合九五之尊的口吻，诸位不觉得这首诗放在这里太违和了吗？他刚被阎王折腾来，一有明面上泾河龙王的小案子，二有李建成、李元吉在旁边就要索命的大案子。两个案子说翻篇就翻篇，从何而来的“休言不报应，神鬼有安排”？他自己做的那些坏事，要么靠私改数据，要么靠金银开路，又哪里受到报应了？估计作者是忘了原本太宗入冥的故事，是以私改生死簿为结局的，本来就没有受报应的预设。这首诗大概就是一首熟词，用于总结游地府故事的，作者也无暇管它合不合逻辑，就一脉相承地带下来了。这里也体现了两个故事被整合的痕迹。

阳世熏天冠冕，阴间铺地王侯。阎王殿上一齐勾，苦海不分先后。

放去铜蛇铁狗，追来马面牛头。扎堆故事凑《西游》，莫作囫囵领受。

这是我填的一首《西江月》，权作这一讲的结尾。

轮回居然是这样的

地府的形成，地狱信仰的本土化以及各种游冥故事，我们已经讲过不少。这篇再讲个好玩的事，就是《西游记》里的六道轮回。

原文是这么写的：

> 却说唐太宗随着崔判官、朱太尉，自脱了冤家债主，前进多时，却来到“六道轮回”之所。又见那腾云的，身披霞帔；受箓的，腰挂金鱼；僧尼道俗，走兽飞禽，魑魅魍魉，滔滔都奔走那轮回之下，各进其道。唐王问曰：“此意何如？”判官道：“陛下明心见性，是必记了，传与阳间人知。这唤作‘六道轮回’：行善的升化仙道，尽忠的超生贵道，行孝的再生福道，公平的还生人道，积德的转生富道，恶毒的沉沦鬼道。”

什么叫“滔滔都奔走那轮回之下”呢？难道轮回是一件东西不成？还有，这里“六道轮回”竟然是仙道、贵道、福道、人道、富道、鬼道，也很不靠谱。

正版的轮回观长什么样

佛经里明确说了，“六道轮回”指的是天道、人道、阿修罗道、畜生道、饿鬼道、地狱道。

天道的“天”，指天神。天道是天神的世界，天道众生是很享福的，但也不是长生不老，也有寿命——虽然很长，但终究会死。天道众生可以预见自己的死亡，比如发现自己的花枯萎啦，腋下流汗啦，他们就知道自己要死了，也知道自己死后要到哪一道去。人道众生，不用说了，就是我们人类。阿修罗，在印度神话中是一种好战的神。据说男的极丑，女的极美，喜欢和天界众生争斗。以上三道，生活得都还算不错，叫作三善道。

畜生道众生，就是我们平时所说的动物，牛马猪狗，飞虫鸟兽。然而畜生道也有一些厉害物种，比如龙、大鹏。

饿鬼道的鬼，和我们平时所说的地狱里的鬼，不太一样。如果一定要区别，就像乞丐和囚徒，虽然都在社会底层，但总不能说他们是一类人。这一道的众生，一直处于饥饿的状态，但是又不能吃东西，食物到了他们嘴边就会变成火焰。我们平常所说的鬼故事里的鬼，野外鬼打墙所谓的鬼，都应该算饿鬼道里的。但这一道并非只有孤魂野鬼，也并不是所有鬼都那么苦，也有鬼王等神通广大的鬼。饿鬼道众生的寿命都很长，从五百岁到一百多万岁不等。

地狱道中的众生是最痛苦的。他们永远处于金刚山中的八大地狱里，或寒或热，或刀剑穿身，或铜汁灌口。他们的寿命很长，就像天道众神一样。天道是享几万劫的福报才“死”，地狱道是受几万劫的罪才“死”。当然，死对于地狱道而言，反倒是一种解脱——哪怕是托生到饿鬼道都行啊！

以上三种叫三恶道。

这些都是佛教的说法，产生于印度，适合印度人的思维，传入我国之后，就发生了很大的变化。因为我们本土的神灵，比如关圣帝君、城隍，佛教吸收了他们，总得给他们一个位置，于是就把他们算在饿鬼道众生里，只是神通比较广大而已。

轮回“缩水”

但这些小修小补仍然无济于事。在我国民间，六道轮回发生了“伤筋动骨”的变化；轮回的道数不停地被削减，就像“山寨”的电子产品一样，原产品的功能不断被减少。

六道减为五道

山寨六道轮回，首先是道教干的。比如《太上老君虚无自然本起经》等经书，都讲“五道轮回”，把阿修罗道取消了。因为国人实在不大清楚阿修罗到底是个什么东西，名字又很奇怪。还有一点，某种意义上讲，佛教是借六道众生比喻人心，阿修罗道众生的特点是骄慢嗔恨，喜欢争斗，而国人多谦恭和睦，有这种品格的人反倒很少，所以这一道取消，也在情理之中。

五道减为四道

饿鬼道和地狱道有合并的趋势。本来这两道区别很大，就像天道和人道不是一码事一样。鬼是鬼，地狱是地狱。佛教里的鬼，虽然过得苦，但还算自由，在哪个树根下面猫着，或在哪个山洞里面藏着，都可以。晚上它们还会出来活动，人不小心会撞上。但地狱道众生绝对不行，他们必须长年累月在地狱里受罪。

我国百姓头脑里，只有天宫、人间、冥界三个层次。天道对应天宫，这个好理解。人类和动物共同生活在人间，这个也好理解。那么剩下一个冥界，只能拨给饿鬼道和地狱道同住了。于是民间人士心中的六道轮回只剩下四道：天、人、畜生、鬼。这个我虽然没有找到具体的书面例子，但看多了《太平广记》以及明清笔记就会知道，三世转生、化牛报恩之类，无外乎上述四道。

四道减为三道

《西游记》中，六道虽然被解释为仙道、贵道、福道、人道、富道、鬼道，但其实只有三道轮回：仙道可以对应天道，富道、贵道、福道、人（平民）道其实都是人，鬼道是合并了饿鬼道和地狱道。这等于把畜生道排除在轮回之外。理论上，畜生死后也是有机会成为天神或鬼的，也是可以下地狱的；但国人对此似乎并不在乎，至少《西游记》这一段中，畜生不在轮回的考虑范围之内。

这样的“三道轮回”其实不只见于《西游记》，明代民间宗教西大乘教的《泰山东岳十王宝卷》：“善多恶少转增禄位，罪多善少转来受穷。有恶无善堕在地狱，有善无恶转上天宫”，看上去讲了四道轮回，其实前两句都是人类的事，所以也只有天、人、鬼三道轮回。

三道减为两道

佛教的六道轮回从三道进而减到两道。山西蒲州东岳庙六道轮回壁画从右向左分别画着贵人、平民、贱人、兽、禽、虫六道。其实等于只有人道和畜生道两道轮回。天、阿修罗、鬼、地狱四道全都取消了，要轮回只能在人间轮回。

山西蒲州东岳庙六道轮回壁画

《玉历宝钞》是清代的一本宣扬因果报应的劝善书。书中的六道轮回图，从左上角起分别是鳏寡孤独、公侯将相、胎生、湿生、化生、卵生六道。它虽然借用了佛教“四生”的概念，却也是一个彻头彻尾的山寨版！

首先，人类当然是胎生的，但这里胎生一道画的都是牛马。其次，佛教所谓湿生，是指湿润的环境下所生的昆虫之类；所谓的化生，指“无所依托，唯借业力而忽然出现者，如诸天与地狱”众生。而这里反倒是湿生的画成鱼虾之类，化生的画成昆虫之类——画者大概觉得水里生的自然是湿生，蚊子飞虫莫名其妙地从草丛里生出来，就算化生了。他也许根本不懂得“借业力”所生的真实意思。所以虽然画了六道，其实还是人、畜两道。这幅六道轮回图，因为出现得最晚，所以附加的山寨内容也最多，可谓山寨里面又套着山寨。

两道减为一道

减到一道的情况，我在古书里没有发现。如今网上流传着轮回人的一些新闻，甚至有“轮回村”，比如凤凰网关于湖南通道侗族自治县坪阳乡的报道，说这一带经常出现“再生人”，他们能清楚地记起种种前世，能够认出他们前世的遗物、朋友。这件事很稀奇，具体是真是假，不敢断定，还是交给科学研究者吧。今天这类现象，令我很好奇：按说人间的国界、省界，只是行政上的划分，为何这些人转世的时候，很少出现从外国甚至外县转来的现象？看来六道轮回也是会缩水的，减来减去，到了今天的社会，就只剩下一道轮回了！

这玩意儿叫轮回？你别骗我

《西游记》是佛教的六道轮回的“土法改造”，也就算了，但“奔走那轮回之下”，怎么说得“轮回”像座大门似的？轮回，不是佛教所谓的生命不停循环往复的过程吗？

而且，十殿阎王见了唐太宗之后说：

但只是他（泾河龙王）在此折辩，定要陛下来此三曹对案，是我等将他送入轮藏，转生去了。

按阎王的说法，“轮藏”就是“六道轮回”之所？我读书少，你别骗我，“轮藏”并不是这个意思吧！

佛寺中类似转轮的实物，称为轮藏，是可以放佛经的旋转书架。大型的轮藏高达数米，需要专门为之建造殿宇，比如河北正定隆兴寺转轮藏阁、杭州高丽寺的转轮藏阁等。这种轮藏，也不是印度传来的，创始于梁代善慧大士傅翕。他为了方便不识字的人亲近佛法，就在大层龛中心，建一根大柱子，开八面，架一切经，设机轮，使可以旋转，这就是轮藏。佛教宣称，旋转轮藏和读佛经的效果是一样的。我们在藏传佛教寺院看到的转经筒和这种轮藏都是意义相同的一类器具。

无论是什么轮藏，都是藏书用的，和轮回没有什么关系。况且，上文说了，傅大士造的时候，本来是八面或者干脆就是个圆柱体，不是六面，民间却把这种轮藏当作六道轮回了！

这还真不是我随便猜测，在明代世德堂本中，有一幅插图，画的就是崔判官带太宗皇帝来到“六道轮回”之下的场景。这个轮回，真的就是一个类似轮藏的大轮子！可见说书人这么编，绘图人也这么画，在他们脑子里，这就是共识。上文《玉历宝钞》中的轮回，也是一个大轮子，意思都是一样的。

世德堂本《西游记》里的“轮回”

张纪中版电视剧《西游记》，你说他尊重原著吧，六字真言把“吽”写成“哞”，你说他不尊重吧，他这里还真有一个“六道轮回”，像模像样的。阎王的台词是：“上仙，你先放了那六道轮回的法轮！”但这又有问题了！“法轮”的意思是，佛所说之法能够碾碎众生的一切烦恼，好像巨轮能够碾碎一切的岩石和沙砾一样，但这又是另一个概念，和轮回、轮藏也没有什么关系。

我讲过二郎神和宦官杨戬，讲过“毗沙门”的“门”、金吒的“金”，用这种思路再来理解“轮藏”的“轮”，就一点都不会觉得奇怪。因为民间的思维是，只要沾点儿边，就能扯在一起！但到底哪里会戳中这个沾边的点，很难找到规律，所以没法预测发展方向。微观上来说，这是一个概率性的事件；宏观上来说，这却是一个必然事件，就像基因发生突变一样。民间文化的发展也是一样，往往不按常理出牌。

受过教育的人，思维容易形成定式，认为凡事都有规律、逻辑。然而民间的事情，往往就是随机的，如果非要找什么规律，在某些范围内乱扯关系就是规律！以包容的心态看待，可能会少许多杠抬。

历史，是由讲理的人和不讲理的人共同创造的。不理解这一点去看历史，我们永远纯洁得像个十二岁小姑娘。

《西游记》里的“四大部洲”

说到“小西天”，就不得不说一说《西游记》里的地理问题。

在这里，我先讲一个前提。《西游记》是一部幻想性的神魔小说，里面的事情自然是编造的。但是，任何幻想故事都不是凭空编造出来的，它总有一个作者所要依托的知识背景。所以有人会质疑：研究一部魔幻小说的地理问题岂不是吃饱了撑的？自然不是。我并非要把《西游记》的地名一个个地对号入座，而是要勾勒当时作者、同时也是当时读者和听众头脑中四大部洲的地理背景。

《红楼梦》也是虚构出来的，理论上讲，小说里的地名可以随意编造，但京城还得叫长安，不能叫铁岭。因为在作者和读者的知识背景中，长安毕竟是多朝古都，作为京城名字，不会有违和感，而铁岭只是个“大城市”而已。

“四大部洲”是什么？

《西游记》开篇就说：

> 感盘古开辟，三皇治世，五帝定伦，世界之间，遂

分为四大部洲：曰东胜神洲，曰西牛贺洲，曰南膳部洲，曰北俱芦洲。这部书单表东胜神洲。海外有一国土，名曰傲来国。国近大海，海中有一座山，唤为花果山。

这四大部洲是来自佛教的。但是佛教的四大部洲是这个样吗？

其实劈头这段话就已经透着一股山寨气了。假如有人非得说这段话是饱学鸿儒吴承恩写的，不管您信不信，反正我是不会信的。

因为佛教原典里从来就没有“四大部洲”！只有“四大洲”“四天下”。“四大部洲”明显是受了“南赡部洲”的影响，好像一“洲”就算一“部”似的。其实，南赡部洲就不能读作“南赡＋部洲”，而是“南＋赡部＋洲”。“南”字表示方位，就像韩国俗称南韩一样。但“赡部”两个字是不能拆开的。佛典里提到此地时一定是说“赡部洲四大洲等”，而不会说“赡部洲四大部洲等”。

“赡部”就是jambu的梵语音译。如果大家不熟悉“赡部”，我告诉您，它的另一个译法是“阎浮”，这下是不是熟悉多了。就像美国的“圣弗朗西斯科”也译作“三藩”，但您总不能说这就是吴三桂的地盘。

南赡部洲也可以叫“赡部洲”，对梵文不熟悉的国人，一看人类世界对应的是“南赡部洲”，认为四大洲中其他三个也都叫“某某部洲”。说来说去，四大洲就成四大部洲了。

后来四大洲不但说成四大部洲，还说成“四大神州”，这大概又是受了“赤县神州”和“东胜神州”的影响。元杂剧《摩利支飞刀对箭》有一句唱词：“自小从来为军健，四大神州都走遍。”

其实，元朝以后，别的书也说过四大部洲，不是《西游记》独一份。但这四个洲的名字，你横竖也写对呀！按正规的译法，应该是东胜身洲、西牛货洲、南赡部洲和北俱卢（或拘卢）洲。在各种佛典里，这几个译名用字是基本一致的，而《西游记》写作东胜神洲、西牛贺洲、南膳部洲、北俱芦洲。“胜神”是什么鬼？大概是和“赤县神州”混了。所以，这四大洲的名字全都错了！

平心而论，这几个译名辗转误传，《西游记》还真不是始作俑者。受俗写的影响，明清时期别的书里也用神、贺、芦三个字，但是把“南赡部洲”写成“南膳部洲”，除了世德堂本《西游记》之外，别说佛教的各种经典、灯录、清规、语录，就是普通文人的诗集文集，也没有人这么写过。而且四个名称没有一个正版，也算少见了。

那么别的小说里，有没有把“南赡部洲”写作“南膳部洲”呢？我检索了一下，还真有，就是《三宝太监西洋记通俗演义》。这本书和《西游记》有没有关系，我没有研究过，权且放在这里，供大家开脑洞。

吴承恩的《射阳集》，国内西游研究大家蔡铁鹰先生整理为《吴承恩集》，这本书我是仔仔细细看过的，对比一下就知道，吴老先生的学问比起《西游记》的写作水平，不知高出了几个数量级，所以这两本书应该不是一个人写的。我一直说，《西游记》就是一部通俗小说，它的作者群主要来自社会底层，所以在行文中借别的说法一抄，找些同音字代替，是很正常的事情。

地氣合群物皆生至此天清地爽陰陽交合再五千四百歲正
當寅會生人生獸生禽正謂天地人三才定位故曰人生于寅
感盤古開闢三皇治世五帝定倫世界之間遂分為四大部洲
曰東勝神洲曰西牛賀洲曰南贍部洲曰北俱蘆洲這部書單
表東勝神洲海外有一國土名曰傲來國國近大海海中有一
座名山喚為花果山此山乃十洲之祖脉三島之來龍自開清
濁而立鴻濛判後而成真個好山有詞賦為證賦曰
勢鎮汪洋威寧瑤海勢鎮汪洋潮湧銀山魚入穴威寧瑤海
波翻雪浪蜃離淵木火方隅高積上東海之處聳崇巔丹崖
怪石削壁奇峰丹崖上彩鳳雙鳴削壁前麒麟獨卧峰頭時
聽錦鷄鳴石窟每觀龍出入林中有壽鹿仙狐樹上有靈禽
玄鶴瑤草奇花不謝青松翠柏長春仙桃常結果修竹每留

世德堂本《西游记》第一回中的“四大部洲”

比如沙僧的名字，世德堂本，一会儿是“悟净”，一会儿是“悟静”，甚至前一个还是“悟净”，后一个就变成“悟静”了。我们能因此说刻书的人态度不认真吗？还真未必，这个本子因形近而错的字反倒很少。可见这部书很可能是从话本演变而来——话本是说书人的底本，它并不在意字的对错，读音不错就可以了。

正版四大部洲具体指什么

按《阿含经》所说，人间有四个天下，亦即四大洲，一是东胜身洲，二是南赡部洲，三是西牛货洲，四是北俱卢洲。均在须弥山四方的咸海之中。

东胜身洲，在须弥山东，梵语“弗于逮”，意思是“胜身”，因为此洲众生人身殊胜。又译为“初”，意为太阳从这里初升。土地形如满月。纵广九千由旬（一由旬为十几公里）。这里的人类，脸也像满月。人身高八肘，人寿二百五十岁（所以说孙悟空寿命三百多岁也不稀罕，只能算此洲正常的高寿者）。

南赡部洲，在须弥山南，梵语“阎浮提”，“阎浮”是一种树。土地南边窄北边宽，纵广七千由旬，这里的人类，脸也像洲的轮廓。人身长三四肘，人寿百岁。

西牛货洲，在须弥山西，梵语“瞿耶尼”，意思是这里有很多牛，以牛为货物，所以叫牛货。土地形如半月，纵广八千由旬。这里的人类，脸也像半月。人身长十六肘，人寿五百岁。

北俱卢洲，在须弥山北，梵语“郁单越”，意思是好地方。这里的土地比其他三洲都好。其土正方，犹如池沼。纵广一万由旬。人脸也是方的。人身长三十二肘，人寿一千岁，没有短命的。

这就是佛教四大洲的大致说法，当然，还有一些引申的含义，所谓“表法”，这里就不多解释了。

南赡部洲的扩展与崩溃

好玩的是，南赡部洲的概念，从传到中国以来，就在不停地扩大。

有朋友问我：“按说无论大唐国还是我们今天的中国，应该算‘东胜身洲’对吧？”其实不是这样的。

四大洲的设定里，符合人类现实情况的，只有南赡部洲。东胜身洲人寿二百五十岁，西牛货洲人寿五百岁，北俱卢洲人寿一千岁，现实中哪里去找？所以佛教中的人类世界位于“南赡部洲”。因为佛教产生的时候，东西方还没有充分的交流。印度人所能认识的世界，大概也就是东到中国、西到中亚这一块。所以说无论印度、中国，都应该算南赡部洲的地界。而其他三个洲，只存在于想象之中。就算以后欧洲、美洲、大洋洲逐渐进入了东方人的视野，在今天地理意义的“大洲”上生活的人类，其脸蛋也是上面宽下面窄，寿命也不会超过百岁，理论上也只能算南赡部洲。

无论是印度还是中国，对自己处于南赡部洲这一区域是没有争议的。他们争的是谁是南赡部洲的中心，而非整个世界的中心。在印度典籍里，“中国”指的是印度，而不是我们中华，我们在他们眼里是“边鄙之地”。当然，我们说“中国”必然是指我们自己。顺便说一句，日本本州岛西部山阳山阴地区也叫“中国地方”。

我们知道，四大洲只是佛典里的说法，至多可以看作一种宣讲佛法的概念。到了宋代以后，随着佛教深入民间，人们逐渐就把四大（部）洲当回事了。

辽代的《张哥墓志》，第一句话就是“南赡部洲大契丹国……”，也就是说，许多辽人已经认为自己处于佛经里的南赡部洲了。辽国人虽然是从北边来的，但他们从来不说自己是北俱卢洲的。

不但辽国人自认为是南赡部洲，日本人也喜欢称自己为南赡部洲，这就更怪了！按说日本人以“日出处天子”问候我们“日没处天子”，应该自认为是东胜神洲才对呀。可是日本人写的佛教著作里，全都自认为是南赡部洲。比如“南赡部洲大日本国筑州太宰府里横岳山中。有一座清净伽蓝”（《圆通大应国师语录》）。所以说，日本精通佛典的人也懂得，南赡部洲的含义并不是实际地理上的东西南北概念。

所以说，南赡部洲是不断扩大的。从印度到中原，从中原到辽国，从辽国到日本。只要是佛教文化影响下的，对佛教世界观有了解的，都会认同自己是南赡部洲的居民。因为确实都不符合其他三个洲的条件。

随着明清时期和西方的交流，国人渐渐发现，原来世界这么大，且地理上真有这么几大洲。那么，佛教说得兴许没错吧。于是大家纷纷想把佛教四大洲和世界地理对应起来——暂且无视寿命、脸型等问题。谁知越对应越麻烦，因为这和实际的世界地理相去太远了。

清代的魏源曾试图将此状况进行调和。他认为，亚洲、欧洲、非洲是南赡部洲，南北美洲是西牛货洲；墨瓦蜡泥加洲即南极洲，是东胜神洲，这就更奇怪了，北俱卢洲在哪里呢？只好说：“阻于南北冰海，更无从问津矣。西士但知有其地，未遇其人也。"然而这也是有问题的。"南冰海"之外或许还可以说是南极洲，"北冰海"之外又是什么呢？岂不又跑到西牛货洲的最北边去了！

即便如此，魏源还是不敢把日本算作东胜神洲，因为毕竟他懂得佛教的这个概念，大概也知道日本人的自我认同。当整个地球都纳入人类的知识体系之后，南赡部洲再也无法容纳更多的洲了，于是就在清末彻底崩溃了。

但这件事还没完。不懂佛典但有一定世界地理概念的民间人士，反而认为我们中国不在南赡部洲而在东胜神洲。比如侯宝林先生的相声《一贯道》，"今度到东胜神洲亚细亚洲河北省北京市（当时北京属于河北省）相声演员侯宝林"，这句话可真不是侯先生编出来的。这是华北地区一贯道"度人"的一句套话，前面加个"东胜神洲"，表示一贯道的势力范围是遍及天下的。这句话，正是近代民间已具有一定的世界地理知识，但混杂了旧宗教知识的表现。

总而言之，佛教这个分天下为四大洲的世界观，在不同的时代、不同的地域，甚至不同的阶层，人们对它的认知都是不一样的。

有了这个基础，就有条件来看《西游记》里的四大部洲了，不能死板地认定，《西游记》中的四大部洲一定是现实世界中的这里或是那里。

少年孙悟空的奇幻漂流

上文说到“四大部洲”的概念是源于佛教“四大洲”的世界观，这个概念对于不同时代、不同阶层的人，理解也不一样。在这个基础上，我就讲讲《西游记》的两条路线。

唐僧取经当然是一条著名的路线，但是诸位有没有发现，孙悟空从花果山出发，也是历尽千辛万苦才到了西牛贺洲，他对须菩提祖师说：“弟子飘洋过海，登界游方，有十数个年头，方才访到此处。”这场旅途之艰难，不亚于唐僧取经的十四年。所以我们先从孙悟空的路线说起。

孙悟空的奇幻漂流

孙悟空立志求仙访道，在花果山扎了一只木筏：

> 独自登筏，尽力撑开，飘飘荡荡，径向大海波中，趁天风，来渡南赡部洲地界。
>
> 自登木筏之后，连日东南风紧，将他送到西北岸前，乃是南赡部洲地界。持篙试水，偶得浅水，弃了筏子，跳上岸来。只见海边有人捕鱼、打雁、挖蛤、

淘盐。

花果山的地理位置，在作者心目中似乎是很明确的，首先他说“木火方隅高积土，东海之处耸崇巅”，我曾经说过，有些版本将“木火”误作“水火”，我已在自己校注的《西游记》中纠正了。在古人心目中，木属东方，火属南方。既是“木火”，又是“方隅”，那肯定是在大陆的东南角上。所以说，作者心目中的东胜神洲，其实是在中国大陆东南面的海中。清杜臻《粤闽巡视纪略》有“按闽地为中国之东南隅”正说明了这一点。

孙悟空的第一次漂流，是从东胜神洲到南赡部洲，既不需要长期航行，也不需要非常发达的航海设备，只需要一个筏子漂流几天便可到达。而且，从东胜神洲到南赡部洲，是从东南到西北——这个南赡部洲的海岸线竟是斜向的？我国哪里有东南—西北朝向的海岸线呢？看来，这位作者是把中国大陆当作了南赡部洲。那么花果山就是福建东南方大海中的岛屿了，也许对应台湾，但我们不作这样严格的对应。总之，《西游记》与福建有莫大的关系。

再次重申一下，我们勾勒的是当时作者，同时也是当时读者脑中的地理概念，以及一些可能的原型，而不是考证地名，说花果山就是这座山、这个岛。

继续看：

猴王参访仙道，无缘得遇。在于南赡部洲，串长城，游小县，不觉八九年余。忽行至西洋大海，他想着海外必有神仙。独自个依前作筏，又飘过西海，直至西牛贺洲地界。

这里如果不注意会漏过“西洋大海”这个名词，它在明代是有特殊含义的。明陆应阳《广舆记》“浡泥国，在西洋大海中，朝贡自广东达京师”。明末查继佐《罪惟录》:“南浡国……又半程为帽山，山西即西洋大海，名那没黎洋，番船往来，俱望此山为的（目的、地标）”，其实随郑和下西洋的马欢早就在《瀛涯胜览》中提道:“国（南浡里国）之西北海内有一大平顶峻山，半日可到，名帽山。其山之西，亦皆大海，正是西洋也。”

也就是说，在明代，“西洋大海”或“西洋”是一个专有概念。和“西洋大海”对应的是“东洋大海”。《广舆记》:“婆罗，在东洋尽处，西洋起处，其贡道由福建。”婆罗国就是加里曼丹岛北部的文莱，也就是说，文莱是东洋大海和西洋大海的分界。还有“苏禄在东洋大海”，苏禄就是菲律宾群岛上的一个小国。

这里需要说明一下，西洋大海并不是一个一成不变的概念，从上面就可以看出，有些书将文莱作为东西洋的分割点，有些书将苏门答腊岛作为东西洋的分割点，这需要专文讨论，我们只要知道明代西洋大海指的是文莱以西的海域或印度洋海域就可以了。一般来说，郑和下西洋时的西洋大海，指的是印度洋。到了明代中后期，西洋大海的范围有所东移，就确定文莱为分界线了。

现实中的西洋大海和幻想小说里的西洋大海当然不能完全等同，但是必须知道，《西游记》的故事，在逻辑上，还是默认发生在现实的地理空间里。所以，它只能说唐僧去印度取经，而不能说秦始皇去石家庄取经。任何一个名词的使用，都建立在作者和读者的共识之上。正如我上一讲说的，《红楼梦》给京城定的名字，是长安而不是铁岭，这正是受到了上述共识的约束。我们也应该从这种共识入手。陈寅恪先生说，小说“虽无个性的真实，却有通性的真实”，正是这个意思。

继续回到悟空的行程上来。他遇见了菩提祖师，祖师道：

> 你既老实，怎么说东胜神洲？那去处到我这里，隔两重大海，一座南赡部洲，如何就得到此？

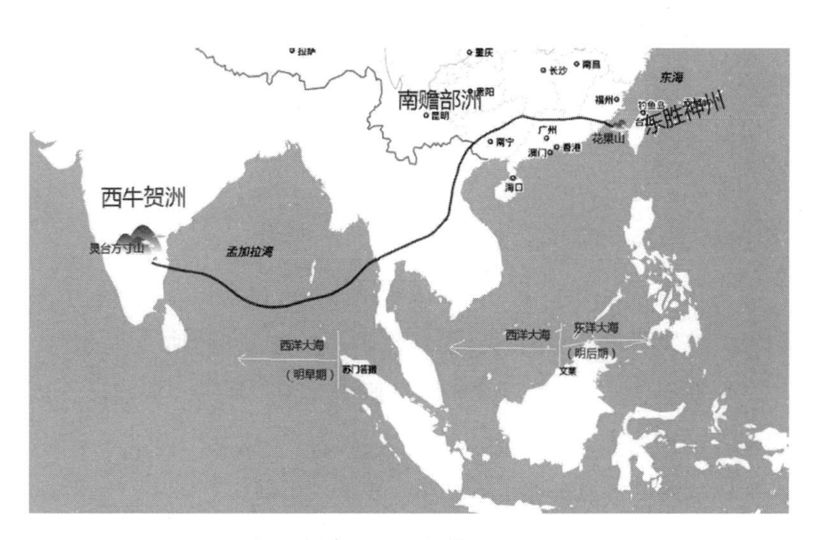

孙悟空拜师行程模拟地图

从地图上看，这个问题就很明确：《西游记》中的东胜神洲，大致相当于中国东海以外的岛屿（因为确实没有这么一片大陆）。所以《西游记》中除了傲来国和花果山，我们再也没看到过此洲别的居民。南赡部洲大致相当于中国大陆以及与此相连的中南半岛这一带。西牛贺洲大致相当于印度半岛。东洋大海大致相当于今天的东海及以南一带海域。西洋大海大致相当于明代早期郑和下西洋时的“西洋”。

也就是说，从福建或东海一带的岛屿去西牛贺洲，正好隔着两重海和一座中国大陆延伸出去的中南半岛。

那么，中国历史上有这样的奇幻漂流路线吗？有，这就是海上丝绸之路。

这条海上丝绸之路从秦汉时期就已经形成了。它从中国东南沿海出发，经过中南半岛和南海诸国，穿过印度洋，进入红海，抵达东非和欧洲，成为中国与外国贸易往来和文化交流的海上大通道。《西游记》只不过是剧情需要，让孙悟空在大陆上停留了一段时间而已。

那么，有没有人沿着这条路去西方拜师学艺呢？有，就是往来于这条海路上的取经僧。

东晋隆安三年（399），高僧法显从长安出发，去天竺国求学取经，他回程没有走陆路，而是选择了海路返国。他先到了狮子国（今斯里兰卡），然后乘船渡过西洋大海，经马六甲海峡，到达现在的南海海域，返回大陆。法显以后至唐末，往来于南海、由海路去印度取经的僧人有数十人之多。

所以说，孙悟空的这条奇幻漂流路线，是有历史渊源的。所谓的“灵台方寸山”，其实暗指佛法大兴之地印度。因为孙悟空的师父叫须菩提祖师，而须菩提正是释迦牟尼号称解空第一的大弟子的名字。

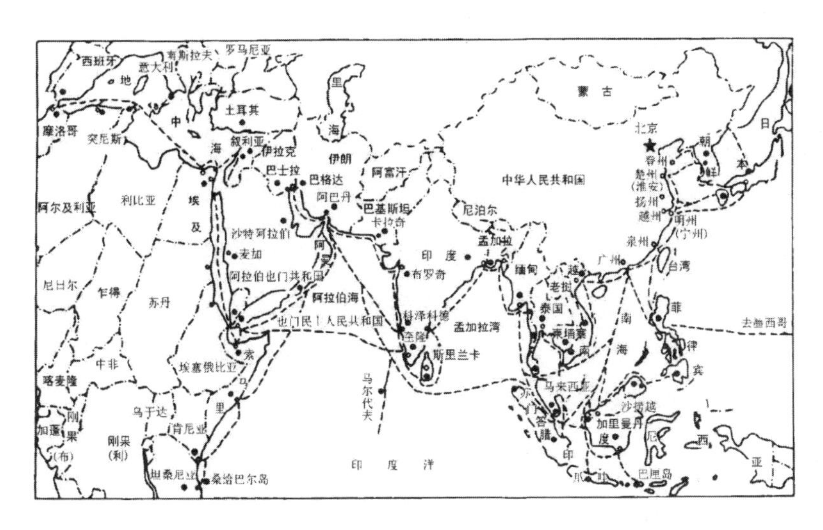

海上丝绸之路示意图（图片来源:《丝路文化·海上卷》）

唐僧的旅行

《西游记》里四大部洲的名称前后还是一致的。唐僧的行程，基本是沿着历史上的陆路丝绸之路走的。但既然是小说，便不可能一个一个地对号入座，这样做就太蠢了。但有几个地方还是可以讲讲的。

一、法门寺

“唐王与多官送出长安关外。一二日马不停蹄，早至法门寺。”法门寺这个地方是实实在在存在的，就在今陕西扶风县，离西安约一百一十八公里。

二、巩州

“师徒们（唐僧和两个侍者）行了数日，到了巩州城。”历史上的巩州有两个：唐高宗时设立的巩州，在今四川珙县；宋代之后的巩州在今甘肃陇西。这里指的是宋代之后的巩州，离法门寺约四百零一公里。

三、河州卫

离开巩州“行了三日”便到“河州卫，此乃是大唐的山河边界”。唐朝还没有“卫”这种行政区划。明洪武三年（1370），明将邓愈攻取河州，并于翌年设立河州卫，在今天甘肃临夏，卫指挥使由汉族将军担任。这也是明朝在西北藏族地区设立卫所制的开端。故称这里是“大唐（实指“大明”）的山河边界”，离巩州约二百一十九公里。

马匹一天的行程约六十公里，那么长安到法门寺需要两天，法门寺到巩州需要七天，巩州到河州卫需要三天。这个数据和书中的记录非常吻合，说明作者这一段路程是按实际来写的，这也是《西游记》里唯一一段符合实际情况的旅程。

出了河州卫，刚走了数十里，到了双叉岭，就遇到了一伙妖怪（再过一会儿就要翻越两界山了）。河州卫在今甘肃临夏，如果我们真的想找双叉岭的所在地，那就到今天临夏市西北数十里去找。而所谓的两界山，一定是指积石山脉的某一座山峰了！

四、高老庄

书中明确地说，猪八戒是乌斯藏高老庄人氏，而明代在青藏地区设乌斯藏卫、朵甘卫，后升为都指挥司。乌斯藏，大致相当于今天的西藏。但是唐僧为何跑到西藏去？因为明代从中原去印度，是从青藏高原翻越喜马拉雅山过去的。这路线和唐代玄奘通过西域去印度不同。《西游记》作者写的时候，不由自主地就把他心目中的赴印路线写了进去。

五、流沙河

在第八回里，是这样写它的地理位置的，“那菩萨停立云步看时，只见：东连沙碛，西抵诸番，南达乌戈，北通鞑靼”。这里出现了个地名“乌戈”（《三国演义》里倒是有个“乌戈国”，但那是在云南），其实这是底本搞错了，不是“乌戈”而是“乌弋”，也就是乌弋山离，它是约公元前 2 世纪至公元 1 世纪，位于亚洲西部伊朗高原东部的一个地区或半独立国家。“乌弋”写成“乌戈”，这个错误从很早的时候就开始犯了。这个地方离中土太远，流沙河的位置仍然可以看作是小说家之言。

六、火焰山

火焰山的原型，一般认为是在今新疆境内。这里不再多说。

七、祭赛国

这个国家，据当地居民说，地理位置是“南月陀国，北高昌国，东西梁国，西本钵国”。高昌国历史上是有的，在今新疆吐鲁番东南。西梁国，就是所谓女儿国，《文献通考》说有个“西女国”，在葱岭之西，说明也是在新疆一带。但也只是小说家之言，姑且定在新疆。这些地方不能硬和今天的地名对应。

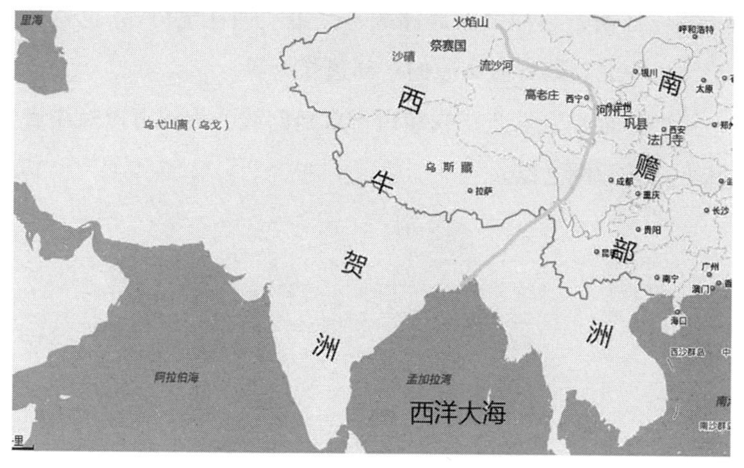

唐僧西游途经诸地及两大洲

唐僧什么时候从南赡部洲走到了西牛贺洲？我不清楚，可能作者自己也未必清楚。但至少遇到猪八戒的时候，那里就已经是西牛贺洲的乌斯藏国了。那么，在作者心目中，南赡部洲和西牛贺洲的分界，似乎就是青藏高原的东部边缘。

现在对这两节做一个小结：

第一，四大部洲的概念经常发生变化。越到后来，随着地理知识的增加，人们越喜欢用现实的地理去对应四大部洲，直到彻底讲不通。

第二，《西游记》作者的潜意识中，就是用现实的地理知识，去对应四大部洲：东胜神洲大概对应福建以东的岛屿；南赡部洲大致对应中国大陆和延伸部分；西牛贺洲大致对应印度、中国西部。因为北边再没有大陆了，所以这里没有北俱芦洲什么事。《西游记》并未严谨周密地参照佛典——印度本来是南赡部洲，被《西游记》硬改成西牛贺洲了。

第三，因为西牛贺洲在《西游记》里连着青藏高原和印度半岛，所以往南，它和南赡部洲隔着一道“西洋大海”，也就是孟加拉湾，往北就以青藏高原的东部边缘为界。

第四，孙悟空学艺路线和唐僧取经路线，大致可以对应海上和陆上两条丝绸之路。

图书在版编目（CIP）数据

《西游记》的八十一问 . 1 / 李天飞著 .—北京：作家出版社，2023.5
ISBN 978-7-5212-2173-2

Ⅰ. ①西…　Ⅱ. ①李…　Ⅲ. ①《西游记》研究　Ⅳ. ① I207.414

中国国家版本馆 CIP 数据核字（2023）第 039222 号

《西游记》的八十一问 1

作　　者： 李天飞
统筹策划： 刘潇潇
责任编辑： 张　平　单文怡
插画支持： 李云中
装帧设计： 孙惟静
出版发行： 作家出版社有限公司
社　　址： 北京农展馆南里 10 号　　**邮　　编：** 100125
电话传真： 86-10-65067186（发行中心及邮购部）
86-10-65004079（总编室）
E-mail:zuojia @ zuojia.net.cn
http://www.zuojiachubanshe.com
印　　刷： 河北鹏润印刷有限公司
成品尺寸： 147 × 210
字　　数： 152 千
印　　张： 7.125
版　　次： 2023 年 5 月第 1 版
印　　次： 2023 年 5 月第 1 次印刷
ISBN 978-7-5212-2173-2
定　　价： 39.00 元